若さま同心　徳川竜之助【十】

風神雷神

風野真知雄

双葉文庫

目次

風神雷神　若さま同心　徳川竜之助

序章　家紋

柳生全九郎《やぎゅうぜんくろう》は、徳川竜之助《とくがわりゅうのすけ》の手を斬り落としたあと、江戸の町をさまよっていた。目はうつろで、足取りもよろよろしていた。かつて自分の強さを信じきっていたころの、傲慢《ごうまん》な態度は微塵《みじん》も見当たらなかった。

江戸には涼しく心地よい風が吹いている。だが、全九郎に季節を思う心のゆとりはない。

この数日は、ずっと永代橋《えいたいばし》の周辺を歩き回っていた。

佃《つくだ》の家にも帰ることができない。

漁師の爺さんや婆さんはさぞ心配しているだろうが、いまはあの人たちの善良さがつらい。

神社や寺の軒下に寝た。腹が減ってどうしようもなくなると、魚を突いて、焼いて食べた。江戸は魚や貝が豊富である。水辺の近くにいれば、飢《う》えはどうにかしのぐことができる。

とはいえ、食欲などはない。すこし食べると、そこらの猫に放ってしまう。

ひどくみじめな気持ちである。こんな気持ちになるのは初めてだった。

徳川竜之助と戦い、明らかに敗れた。なのに、悔《くや》しまぎれにあいつの手を斬り落としたりした。

永代橋の上から大川《おおかわ》の水面を見ていると、

「どうか、しましたか？」

やさしそうな中年の女に声をかけられた。以前、いっしょに江戸にやって来た柳生のくノ一にどこか似ていた。

「いや、別に……」

全九郎は手で追い払うようにする。

それからしばらくすると、今度はすこし離れたところに、全九郎と同じ年ごろの少年が立ち、江戸湾のほうを眺めながら、

「ほめられたんです」

と、大きな声で言った。全九郎がいることなど、まったく眼中にない。

「誰に？」

そう訊《き》いたのは、少年の父親らしい。

「学問所の先生ですよ」

「それは凄《すご》い」

「とくに算術の力は筆頭だと」

「筆頭か」

父親らしい男は心底、嬉しそうな顔をした。

「来年あたりからその才を生かすべく、どんな道があるか考えようとも言われました」

「いやあ、たいしたものだ。褒美《ほうび》をあげなければ」

「いえ、褒美などは。父上に喜んでいただければ」

少年は胸を張って言った。横顔は大きく成長した桃の実のように、柔らかく光っていた。少年は希望に燃えていた。

そんな少年を見て、柳生全九郎は不思議だった。

なぜ、同じような年ごろの人間が、あんなふうに明るく自分の将来を眺められるのだろう……。

一方で、自分のように打ちひしがれた者がおり、さらに一方には、あの海辺新《うみべしん》田《でん》の浜辺で命を失ってしまった三人の少年もいる……。
三人の少年たちを斬ったのは、徳川竜之助かと思っていた。
だが、竜之助はそれをしたのはあんただと言った。
あんた……すなわち、このわたし、柳生全九郎。
言われて初めて、そうかもしれないと思った。そのほうが腑に落ちる。
たしかにおかしな話だった。
どうしてそんな誤解が生じたのか？
あの三人を斬ったのを認めたくなかった？
なぜだろう。人を斬る行為に、やましさもつらさも感じた経験はない。なんと
いうことはなかった。
同じ年代だったからか？
あるいは、最後に互いに寄り添おうとした姿がつらかったのか？
そして、一人が最後につぶやいた「母さん」という言葉。
「あやつられている」
竜之助はそう言った。
どういうことなのだろう。

「おいらたちをあやつる悪意があるのさ。そいつを突き止めない限り、おいらたちは無意味な戦いを強《し》いられる……」

とは、手を斬り落としたときも言ったし、わたしが斬られた対決のときも言った。

あやつられている?

おいらたちを見つめてきた悪意?

答えを見つけるとしたら、自分の人生を振り返るしか方法はないはずだった。

河岸《かし》の隅に腰を下ろして、柳生全九郎は昔を思い出そうとした。

昔と言っても、柳生全九郎はわずか十四歳の少年である。そんなに山ほど、思い出が積もり積もっているわけではない。ましてや、剣の修行一筋の暮らしだった。

欲しかった赤鞘《あかさや》のこと。それが、誰かから贈られたときの喜び。しかし、それを割ってしまったときの腹立たしさ。

いつも遠くから眺めた少女。あるとき、もう一人の友だちと全九郎を指差して笑った。その日から全九郎のいるあたりには決して近づいてこなくなった……。

つまらない記憶ばかりが、泡のように浮かんできた。

いつも鳥を見ていた時期がある。周りには鳥しかいなかった。

あとは剣を持った男だけ。

広い屋敷だった。屋敷は浜辺に隣接していた。

砂浜、海、そして空——あとはなにもなかった。すがるもの、よりかかるものがなかった。

広いところは嫌だった。怖かった。その広い世界を飛び回る鳥たちは、驚異であり、ときに憎らしくもあった。

自分は箱の中におさまっていたかった。

いまの全九郎が座っている河岸の前を屋形船《やかたぶね》が通り過ぎて行った。

——そうだ……。

わたしは十歳のころは、船の上で育った気がする。

足腰は鍛えられ、動きは俊敏になった。

だが、広いところへの恐怖はさらにひどくなっていった。

わたしの広いところへの恐怖はつくられたものなのだ……。

——風鳴《ふうめい》の剣の対抗馬となるため。

そのためだけにわたしはつくられたのか。

いったい誰が、そんなおかしな人間をつくろうとしたのか。


わたしはそれから柳生の里に行ったのだった。

駕籠《かご》に乗り、外の恐怖に身をすくませていたときのことは覚えている。

柳生の里には三年ほどいただろうか。

里の者はみな、月照斎《げっしょうさい》をはじめとして、わたしに対しては丁重《ていちょう》だった。過酷な稽古を強いながらも、どこか特別扱いだった。

里にはただ一人、気のおけない男がいた。丸まっちい身体つきをした三郎《さぶろう》という名の下忍《げにん》で、歳は四十くらいだったか、陽気で冗談《じょうだん》ばかり言っていた。全九郎をほかの者のように奇異な目では見なかった。

「昔はこの里にも変な連中はいっぱいいたんだよ。おれが子どものころさ。そんな人が里の外に出て行っては、面白いみやげ話を持ってきてくれたものさ」

三郎自身も江戸に行ったことがあるとのことで、そこで見たものを面白おかしく聞かせてくれた。

いま思えば、そのとき話してくれた巨大なタコや、井戸から現われる幽霊のたぐいは、どれも見世物小屋だとか、特別なところでしか見られないものだった。ただ、大きな川に架《か》かった巨大な橋や、寺らしき豪華な建物などは本当に存在していた。

その三郎は、わたしとよく話をしていたせいなのか、あるとき、ふっといなくなってしまった。

かわりにやってきたのが、あのくノ一だった。

そういえば、その三郎がぽつりと言ったことがあった。

「あんたの父上もひどい人さ」

わたしの父について聞いた言葉は、それだけではないか。

何者なのだ、わたしの父は？

わたしを見つめていた人がいたような気がする。柳生の里に行く前ではなかったか、船で暮らす日々の前後あたり。

やさしい視線ではなかった。厳しかった。だが、その厳しさには不思議な感触があった気がする。なんというか、身内に対するそれのような。

もしかしたら、あれが父ではなかったのか。顔は思い出せない。うっすらとした靄《もや》の中にある。ただ、恐ろしく大きな人だったような気がする。

その人の着物についていた紋が、ぼんやり浮かんできた。

丸いふちどり。中に三つのかたちがある。

それは向かい合った団扇《うちわ》のようにも見える。

その紋を、わたしは名まで知っている。それは、あの徳川竜之助の刀の刃にも刻まれていた。

——葵《あおい》の紋……。

どういうことなのだ。

——そんな馬鹿な……。

第一章　おだやかな窓辺

一

医者の洋庵《ようあん》は、福川《ふくがわ》竜之助の左手に当てた添え木の具合を確かめながら、息づく身体を眺めた。

竜之助は、静かな寝息を立てている。

鍛《きた》え上げた筋肉。もともと頑強《がんきょう》な身体。そして、若さと強い精神力……。

これほどの人がすっぱり手を斬り落とされるなんて、相手はよほどの達人だったのだろう。

きれいに断ち切られていたので、それはむしろよかったかもしれない。血管《ちくだ》や筋がつなげやすかったのだ。

いつも痛みはあるはずである。

だが、この人は痛みを口にしない。意地というのでもないらしい。まるで、痛みというのも当たり前のことのように思っているふしがある。いつか、こうした痛みがやって来ることを覚悟していたのかもしれない。

剣に没頭した者ゆえ――なのだろうか。

竜之助の熱がつづいている。

だが、解熱《げねつ》の薬は使わないほうがいいのではないか。

頭だけを冷やしている。

使ってもいいのではないかという迷いもある。そのときは、手を切り離してしまう。

一部がつながったのはたしかである。ぴくりといまも動く。

だが、一部がつながってもこのまま順調に全部つながるとは限らない。腐ってしまったら、二度とつながることはない。

さらに黒ずんできている。手首から先だけを夜に浸《ひた》したような色になっている。

傷ついたのがほかの者なら、ここで諦《あきら》め、手を切り落としてしまうだろう。

だが、この人は――。

回復しようとする力もけたはずれなのだ。

人の身体というのは、本当に一人ずつ違う。治療がその人にとって最良のものかを判断するのは、医者としてなかなか難しい。

洋庵は金瘡《きんそう》の治療を得意にしているが、これだってその人の体質や体調、持病などによって結果は違ってくる。

膿《う》みやすい人。血が固まりにくい人。壊疽《えそ》になりやすい人。それから齢によってもだいぶ回復は違う。

基本的に若くて丈夫な人は、すこしくらいの傷なら、むしろ何もしないほうがいいくらいなのだ。やたらと膏薬《こうやく》を塗ったり、包帯で巻いたりするのは、傷の治りを遅くする。傷口をきれいに洗って、傷が大きいときは針と糸で縫うだけ。これでだいたいは治ってしまう。

ただ、この人の怪我はそんな程度とはまるで違う。

洋庵はいまのところ、回復の可能性は四分六分だと思っている。つながらない可能性のほうが高い。

しかも、つながったとしても、元のようにもどるわけではない。前のようには絶対に動かせないだろう。

意識がはっきりしたとき、洋庵は竜之助に治療について相談した。つながる可能性についても、その後についても正直に説明した。

「どちらでも。おまかせします」

きっぱりとそう言ってくれたのである。

「洋庵先生……」

わきからお寅《とら》が心配そうに洋庵を見た。

「うむ」

うなずいたが、とくにやるべきことはない。ひたすらようすを見守るしかない。

「まずは滋養を。回復しようとする力を助けてやってください」

「はい」

お寅の献身的な看護ぶりは、まるで本当の母親のようだった。

そのわきには、瓦版屋《かわらばんや》のお佐紀《さき》がいた。

「水を替えてきます」

と、手桶を抱えて出て行った。

洋庵はお佐紀と知り合いだった。

以前、辻斬りがあったとき、駆けつけた洋庵に、お佐紀がいろいろと訊《たず》ねてきた。瓦版の記事にするためだそうで、死人を目の当たりにしたのにしっかりしているのには驚いたものだった。当節、武家の女でもそうはいかない。

そのお佐紀がいまは、すっかり動揺し、憔悴《しょうすい》し、ぼんやりしてしまっていた。この娘らしくないと思えるほどだった。

「では、いったんもどって来ます」

と、洋庵が立ち上がると、

「こんにちは」

小坊主の狆海《ちんかい》がやって来た。洋庵もここで何度も会っているしっかりした少年僧である。手だけを彫った木像を持っている。少年僧のかわいい手と同じくらいの大きさである。

「なんだい、狆海さん」

と、お寅が訊《き》いた。

「和尚さんがこの弥勒《みろく》の手を持って行ってやれと」

「そうなの」

「この手が彫られると、福川さまの手が斬られた。なにか因縁のようなものがあるのかもしれないと」

「治るための力になってくれるかもしれないねえ」

「はい」

そんなやりとりを聞きながら、洋庵は外に出た。

二

お寅の家は千客万来だった。

今日も朝から洋庵が来て、お佐紀、狆海とやって来た。

この三人が帰ると、つづいて定町廻り同心の矢崎三五郎《やざきさんごろう》が顔を出した。

竜之助が手を斬り落とされたと知ると、矢崎は奉行所総出で仇《かたき》を討つといきり立ち、うるさいほどだった。だが、竜之助に諭《さと》され、それについてはいったん諦めたらしい。

「どうでえ、具合は？」

「いまはお休みです」

「ちっと考えたんだが、粘りのある食いものがくっつくのにはいいんじゃないかと、女房に山芋を買ってこさせた」

と、縄でくくった山芋を差し出した。

お寅はそんな糊《のり》みたいなことになるかとも思ったが、それは気持ちである。

「ありがたくいただきます」

お寅は頭を下げた。

そこへ、岡っ引きの文治《ぶんじ》が飛び込んできた。

「旦那。殺しです」

竜之助をはばかって、小声で言った。

「殺しだと。まったく、こんなときに」

土間からの上がり口で、ざっと話を聞いた。

下っ引きが急いで伝えてきた話ではっきりしないところがある。大滝《おおたき》がちょうど出がけだったので、先に現場へ向かった。文治は矢崎がつかまり次第、来るように伝えてくれと言われたらしい。

竜閑川《りゅうかんがわ》の主水橋《もんどばし》近くのしもた屋。そこの二階で、日本橋《にほんばし》の〈小田原屋《おだわらや》〉の隠居が殺されていた。

神田《かんだ》である。主水橋はここからも近い。

本来ならここらは矢崎の担当で、当然、矢崎の下にいる竜之助が手伝うべき事件である。

「小田原屋？　八右衛門《はちえもん》さんが？」

矢崎は首をかしげた。よく知っている人である。

いい人だった。やたらと恨みを買うような人ではない。

おしゃれで、いつも渋い紫の元結《もとゆい》で髷《まげ》をむすんでいた。こだわりのある人らしく、店の品物にもきびしい目を向けていた。

といって、新しもの好きのところもあって、定番となった商品とは別に、つねに面白い商品の開発にも熱心だった。

小田原屋というのは飴屋《あめや》である。しかも、日本橋で六代つづいている老舗《しにせ》である。この店の喉に効く飴と、うめぼし味の飴は、江戸っ子なら誰でも知っている人気商品だった。

以前、話していたら、足が速くなる飴というのはできないかと相談されたりした。

「主水橋の家ってえと、おきたのところだろ？」

「ご存じでした？」

おきたというのは、隠居が囲っていた妾《めかけ》である。家は買ってやったのか、借りているだけなのか、そこまでは知らない。

そのおきたも、気のいい女だった。花魁《おいらん》あがりだがそれほどすれておらず、近所の人たちにも慕《した》われている。からかうとすぐ赤くなって、叩いてきたりするので、矢崎なんぞにはじつにからかいがいのある女だった。

「そのおきたがやったらしいんで」

「なんだと？」

「胸を刃物で一突きしたそうです」

文治は刺す格好をしながら言った。

「なんてこった」

殺すのを目撃した者はいない。

だが、家にいたのはおきただけ。当然、おきたが疑われる。

「そりゃあ、逃れようがねえな」

「まあ、そうなんですが」

「ひとまず、しょっぴくしかねえだろうが」

逃げられたり、自害されたりすると面倒である。

「ですが、大滝さまがちっと待てと」

「大滝さんは女に甘いからなあ」

大滝治三郎《じさぶろう》はやはり定町廻り同心だが、矢崎よりは先輩である。仲が悪いわけではないが、矢崎のほうは頭が上がらない。

「でも、大滝さまが慎重になるのには理由もあるんです」

と、文治は言った。

「理由？」

「通りをはさんだ前の家の婆さんが、縁台を持ち出して、のんびり座ったままもた屋を見ていたんだそうです。その婆さんが言うには、おきたの家では騒ぎらしきことは何も起きなかったんだそうです」

「ふうん」

「しかも、二人のことはよく知っていて、仲はよかったと」

「そいつはおいらも知ってるよ」

と、矢崎は言った。

「だから、殺すわけがないと言っていて、大滝さんもなるほどと思ったみたいです」

と、文治は言った。

「いくつだ、その婆さんは？」

矢崎は訊いた。

「七十になったとか」

「だったら、耳とか目も悪いだろ？」

「そんなことはないみたいです」

「ちっとぼけてんだな」

「ぼけてないんです、この婆さんは。年に発句《ほっく》を三万句読み、源氏物語の講釈をするくらいだそうです。へたすりゃ、あっしらよりしっかりしてますぜ」

「あっしらと、おいらをいっしょにするな」

矢崎はムッとした。

「ああ、そうですね。あっしよりも……」

「それに、年に三万句がなんだよ。おいらなんざ毎日、三万歩は軽く歩くぜ」

と、矢崎は胸を張った。

「歩く……」

「しかも早足でな」

「はあ。歩数と発句……」

あとのほうはつぶやくように言った。

「じゃあ、ちっと顔出すか」

矢崎は刀を差しながら立ち上がった。

矢崎と文治が出て行ったあと、眠っていた竜之助がうっすらと目を開けた。

三

木立の繁った庭が見えている。

手入れが行き届いていて、みな青々としている。桜の木だけは秋の気配をにじませ始めているが、手前に常緑樹の椿《つばき》とさつきが並んでいる。

その緑の中に分け入れば、塀に突き当たる。鉄砲狭間《ざま》の向こうに見えるのは、お城の千鳥ケ淵《ちどりがふち》である。

ここは田安《たやす》家の邸内にある用人の支倉辰右衛門《はせくらたつえもん》の家である。長屋の一角だが、町人たちの長屋とはわけが違う。隣と壁がつながっているだけで、れっきとしたお城のつくりである。

この奥の間で、福川家の女中をしているやよいは、支倉と向かい合っていた。

むろん、竜之助の災禍《さいか》のことは支倉にもすぐに伝えた。

支倉はすっかり憔悴している。

すぐ見舞いに駆けつけようとしたが、やよいに止められ、それは思いとどまっていた。支倉が興奮のあまり何か言いだそうものなら、別の騒ぎが勃発《ぼっぱつ》するに決まっている。

「巷《ちまた》に出さなかったら、こんなことには」

今日もそう言った。それはもう何度、つぶやいたことか。

「わしの責任だ」

肩を落とした。

「支倉さま。あのこと、おわかりですね？」

「あのこと？」

「決して腹を切ったりはするなと……。竜之助さまはご心配なさっています」

「ああ、それな」

「絶対に許さぬと」

「うむ」

「竜之助さまが、床の中でいちばん気になさっていることです」

いちばんかどうかはわからないが、かなり気にして、何度も言ったのは事実である。

「若がそのようなことを」

うるっときたらしい。たもとで目頭を押さえた。

やよいは、竜之助ほどには心配していない。

支倉はこれでなかなか開明的なところがある。すぐ腹を切って、責任から逃れるようなことはしない人だと思っている。

「では、早く仇を」

と、支倉は言った。

柳生全九郎のしわざだとは伝えてある。

「それもするなと」

「何もするなとおっしゃるのか」

悲しそうな顔をした。

「はい」

「ううむ。だが、お寅のところに置くのはまずかろう。どっちかが気づいたらどうする？」

「そうなのですが」

「せめて、早いところ八丁堀《はっちょうぼり》に移したほうがよいぞ」

「わたしもそのほうがよいと」

「医者も薬も、最高のものを準備させる」

「ええ」

「お城の医者を数人呼ぶし、南蛮《なんばん》渡来の薬も出させる」

路上の叩き売りみたいに、景気のいいことを言った。

「ただ……」

やよいは口を濁した。

「ははあ、お寅か」

「はい」

たぶん反対する。

「泣いてもらうしかあるまい」

「それだけでなく……」

瓦版屋のお佐紀も反対するだろう。

お佐紀とは、治療のことで何度も口を利いた。それまではほとんど話はしてこなかった。お佐紀が竜之助のことを心底、心配しているのはたしかである。

自分もお寅のところに泊まり込みたいようにしている。じっさい、明け方まで看病を手伝っていたこともあったらしい。

「できる限りのことをしてあげる」

というようなことも言っていた。

正直、あまり好きな女ではない。おそらく向こうもそう思っているだろう。

だから、お寅といっしょになって反対するだろう。

——だが、それよりなにより……。

竜之助自身が、移送をこばむような気がした。

それはたぶん、お寅やお佐紀の介護に対するお礼の意味もあろうが、それよりもむしろ庶民の暮らしの中に身を置くという、竜之助の強い決意につながっているのではないか。

四

矢崎三五郎と文治は、主水橋わきの殺しの現場にやって来た。

大滝とは入れ違いになったらしく、検死の年寄り同心と、奉行所の小者が三人ほど詰めている。

遺体はまもなく、日本橋の小田原屋の中にある隠居家のほうに移されるという。いちおう矢崎と文治もたしかめたが、たしかに胸を一突きされていた。

ほかに、町役人《ちょうやくにん》が一人と、番太郎一人も残っていた。

あらためて見ても、こじゃれたしもた屋である。

玄関口は、通りからわずかに引っ込み、半間分は石段が一段ついている。その両脇には手入れの行き届いた鉢植えがいくつも並んでいた。梅や竹などは、鉢植えでもここまで立派になるのかと驚くくらいである。

おきたは、一階の火のない火鉢にもたれ、うなだれていた。歳は二十七、八といったところ。頬がぽっちゃりして、愛嬌《あいきょう》がある。

「あ、旦那……」

矢崎を見ると、泣きそうな顔をした。

幼い表情である。だが、人というのは悪事のあとに子どものような顔になったりする。この表情だけで下手人《げしゅにん》でないとは言えない。

まだ縄はかけていない。

やはり、決め手はないらしい。

大滝は、「こんなときに福川がいてくれたら」と、悔《くや》しげにつぶやいたらしい。

「焦《あせ》ってしょっぴくことはしないほうがいい」

とも言い残して、町廻りのほうに行ったという。

町役人の信兵衛《しんべえ》が事情をほぼ知っているというので、家の外に呼び出して、くわしく訊いた。

朝、五つ半（およそ午前九時）くらいになって、小田原屋の隠居の八右衛門がやって来た。来るのは一日おきか二日おきくらいである。来たときはたいがい、ここで一日を過ごすのが習慣である。二人とも三味線《しゃみせん》の稽古が趣味で、それをいっしょにしたりする。あとは、隠居は芝居の本を読んだり、おきたは裁縫などをする。

昼になれば、二人で近所のそば屋に行ったりもするが、まだそんな時刻ではなかった。

八右衛門はいったん家に入ると、それからは出ていなかった。ずっと二階にいたことになる。

八右衛門が来たときに、おきたは近くに出かけていた。小間物屋をのぞいたらちょうど安売りをしていて、帯留めのいいものを買うかどうか迷っているうち、四半刻（三十分）ほど経ってしまったという。

結局は何も買わずにもどると、一階で着物を仕立て始めた。自分の着物で、昨夜から夢中になっていたらしい。

半刻（一時間）ほどして、小田原屋の小僧がやって来た。

「ご隠居さんは？」

「来てないよ」

「そんなことはないはずです」

長唄仲間が訪ねて来たら、こっちに呼びに来るようにとのことだったという。

「ほら」

と、小僧が足元を指差した。

「どうしたい？」

「ご隠居さんの履物がありますよ」

いつも出しっぱなしのものがほかにもあるので、おきたは八右衛門が来ていたのに気づかなかった。だいたいが大雑把《おおざっぱ》な性格で、履物のことなど気にしたりはしない。

二階に上がってみた。小僧が先で、すぐあとをおきたがつづいた。

二階は細長い九畳間になっている。川風が入って心地よい。

すると、胸を真っ赤に染めて、八右衛門が死んでいた。

「大変だぁ！」

小僧が騒ぎ出した。

小僧が転げ落ちてきて、おきたが後ろ向きに子どもが這《は》うように下りてくるのを、向かいの婆さんが見ていた。

これがいまわかっていることのほぼ一部始終らしい。

「それから、おきたさんは番屋に、小僧は店に知らせに走ったというわけです」

と、町役人は言った。

向かい側に路地があり、その入り口に置かれた縁台に老女が一人座っている。

興味津々といった目で、こっちを見ている。発句をつくるような婆さんには見えない。

「あれって、ずっと見ていたという婆さんか？」

矢崎は町役人に訊いた。

「はい。すぎ女《じょ》さんです。さっきの話も多くはすぎ女さんの証言から得られたものです」

と、町役人はうなずいた。

「あの婆さん、発句をつくるんだろ」

「はい。たいしたもんでしょう」

自分の母親みたいに自慢した。

「源氏物語の講釈も？」

「ああ、そっちは講釈といっても源氏の女の口説《くど》き方といったような下世話な内容でして」

「なんだよ」

あやうく、かしこまるところだった。

「よう、あんた、ちっと来てくれ……」

矢崎はすぎ女を手招きした。

五

町奉行所の連中を、八丁堀と呼んだりすることは、薩摩《さつま》藩士の中村半次郎《なかむらはんじろう》も聞いたことがある。八丁堀は地名に由来することも。

その八丁堀にやって来た。

切絵図で見ると——。

いわゆる八丁堀と呼ばれる区域は、三角形の一部がえぐり取られて四角形になったようなかたちをしている。まわりを堀が囲んでいる。

ただし、本来、八丁堀と呼ばれたのは、南の一角を流れる掘割のことで、その堀の長さはいまではあいまいになってしまったらしい。

八丁堀には南北町奉行所の与力、同心たちが住んでいる。与力がほぼ五十人、同心は二百五十人ほどだという。ただ、町人地もある。さらには、与力、同心たちが自分の敷地の一角に家を建て、町人たちに貸していたりするので、ここに住む町人たちも少なくはない。

だが、他国の藩士たちがうろうろするようなところではない。むしろ、この区画は避けて通ったりする。

中村半次郎はそんなことは気にしない。

物見遊山《ゆさん》にでも来たようなのんびりした足取りで歩いている。じっさい、物見遊山の気分である。

福川竜之助——そう名乗っているのは、すでに耳に入っている。

与力どころか、下《した》っ端《ぱ》の同心だという。同心というのは足軽と同格で、田安の坊ちゃまがなるような身分ではない。

世を忍ぶのが目的としても、もうすこしいい役職というのがあるだろう。

よほど変わり者のように思うが、この前、芝《しば》で会ったときはそれほど変人には見えなかった。むしろ、いかにも爽やかな好青年ふうだった。

「南町奉行所の福川どののお宅は？」

と、訊ねながらやって来たのは、八丁堀もだいぶ端のほうだった。

ずいぶん古びた家である。しかも、角地にあるためか、ほかの同心の家が百坪ほどの敷地なのに、ここは六、七十坪ほどしかないのではないか。

——ここがな……。

本当に田安徳川家のお坊ちゃんとは信じられない。

中をのぞきこむ。

庭の手入れは適当である。雑草が繁っているわけではないが、木が数本あるだけで見栄えはしない。そこらのお稲荷《いなり》さんの境内でも、もうちょっと手が入っている。

戸は閉じられ、人の気配はない。

近所の者らしい女が、通りすがりに、

「福川さんはいないわよ」

と、声をかけていった。

——いない？

どういうことか。田安の家にでももどってしまったのか。

若い女がもどって来て、家に入ろうとした。女中にしては身だしなみがいい。だいいち、美人である。

「ご新造かな？」

と、半次郎が訊いたら、女はぶつ真似をして嬉しそうな顔をした。

どうも違うらしい。

「なんでしょう？」

女は問いには答えず、訊き返してきた。

「福川どのはおられるか?」

「どなたさまで?」

「うむ。ちと、用があってな」

「もしかして、果たし合いをお望みですか?」

どうも、その手の男は初めてではないらしい。慣れた感じがある。順番を待つ札でも渡されるのか。

「う、いや、まあ」

こんな女に言っていいものか迷ってしまう。

「もう、お相手することはできないかと」

「なんだと?」

「怪我をしまして」

「怪我を?」

「回復はかなり遅れると思います。それどころではありません」

女は突き放すように言った。

その口ぶりから察するに、嘘とは思えない。

「まさか、誰かと戦って敗れたのか?」

長州《ちょうしゅう》か、土州《どしゅう》か。

やはり、他藩に先んじられてしまったか。

「いえ、敗れたというのでは」

と、女はむっとしたように、首を横に振った。ひとことで言えるような事情ではないらしい。

「騙《だま》し討ちのような」

「なんと」

西郷吉之助《さいごうきちのすけ》は、徳川の家を完膚《かんぷ》なきまでに叩きのめすと言った。それには相手もまた完全でなければならない。ひどい怪我をした相手と戦うなど、むしろこっちの敗北を宣言するに等しい。

「では、拙者が仇を」

半次郎は意気込んで言った。騙し討ちでは、竜之助に怪我をさせた者を倒しても、竜之助より強い証明にはならない。だが、仇を討ってやれば、貸しをほどこしたことにもなるし、なんとなく優位に立つ感はある。

「いえ、そのようなことはいっさいご無用と」

「……さようか」

仕方がないことである。

中村半次郎は、このまま京都にもどろうかとも思った。だが、まだわからないこともある。いましばらく江戸にとどまったほうがよさそうだった。

六

文治はすぎ女の話を聞き終えたあと、下っ引きたちに調べの依頼をするためいったん家にもどることにした。その前に、お寅のところに福川竜之助のようすを見にやって来た。気になってしょうがないのだ。

すると、竜之助は目を開けていて、

「よう、文治」

力のない表情だが、笑みを浮かべた。

「あ、福川さま」

飯を食っているところである。

もちろん、自分の手で箸や茶碗を持ったりはできない。お寅が口元に運んでくれるものを口に入れるだけである。

いま啜《すす》ったのは、軍鶏《シャモ》を煮たものだろう。骨はていねいに取り除かれている。

うっすら脂が浮いて、いかにも精がつきそうである。

うまそうにごくりと飲んだ。

「食欲が出てきたのでは？」

と、文治は訊いた。

「うん。お寅さんの料理がうまいのでな」

竜之助がそう言うと、お寅はスリの親分には見えない嬉しそうな顔をして、

「まあ。でも、食欲も出たりなくなったりの繰り返しですから、あるときにこそ、しっかり食べておきましょうね」

子どもに言い聞かせるように言った。

「じゃあ、寿司を持ってきましょう。福川さまのお好きなしゃこもいかも旬ですから」

文治がそう言うと、

「親分、お気持ちは嬉しいんですが、先生から生ものを避け、よく煮込んだものをと言われてますので」

と、お寅はめずらしくていねいに言った。

「じゃあ、とろとろに煮込んだ寿司を」

「まあ」

文治の冗談《じょうだん》はめずらしい。

竜之助が面白そうに笑った。

茶碗一杯分を空にしたところで、

「ところで、文治。小田原屋の殺しだが、調べは進んだかい？」

と、竜之助が訊いた。

「どうして、それを？」

「ここでしゃべっただろうが」

「あ、聞かれてましたか」

小声でしゃべったつもりだが、無駄だったらしい。

だいたい、矢崎は声が大きいので、どうしてもつられて大きくなる。

「ちっと教えてくれよ」

「それが、調べはまだほとんど進んでいないんです。よくわからないことだらけで」

それでも、ざっと、語った。

「その前で見てたすぎ女さんだが、なんでそんなにずっとおきたの家を見てたんだい？」

「婆さんは、おきたの家というより、もっぱら二階の窓を眺めていたそうです」

それはついさっき、当人に聞いたばかりの話である。

「二階の窓？」

「ええ。窓辺でずっとおきたの飼っている猫が昼寝をしてて、その猫を見てたんだそうです」

「そうか。猫を見てれば、その向こうのようすもわかるか」

竜之助は納得した。

「婆さんの飼い猫が最近、死んでしまったので、どうしても猫に目がいってしまうそうで」

「なるほど。それなら、さぞかし一生懸命見ていたんだろうな」

いま、この家の窓辺にも猫がいる。

ここの飼い猫ではないらしいが、始終、その窓辺にいる。

お寅に合わせたわけでもないのだろうが、縞《しま》模様がめずらしいくらいはっきりしたトラ猫である。

その猫がいまはのんびりと昼寝をしていた。

竜之助はしばらくその猫に目を向けていたが、

「文治。悪いが、あのあたりを探るついでに、その婆さんに、猫はその騒ぎにどうしたかって訊いてもらえねえかい？　ずっと、どんなふうに動いたかまで、くわしく訊いてもらいてえんだ」

「猫がですか？」

「そうだよ」

「猫が殺したとでも？」

文治は訊いた。竜之助は何を言い出すかわからない。猫にお縄をかけるのも大変である。

「馬鹿な」

竜之助は笑った。

笑ったあと、かすかに顔をしかめたのは、手が痛かったのだろう。

「わかりました。お安い御用ですよ」

文治は立ち上がった。

こんなとき苛々《いらいら》して待つのはつらいだろう。すぐに訊いてくるつもりだった。

七

「猫のことを訊きたいだって？」

縁台に座ったまま、すぎ女は文治を見上げて訊いた。

「ああ」

文治は縁台のわきに腰をかけてうなずいた。

正面で川面がきらきら光っている。

縁台は竹でできた軽いものである。これを日当たりのいい場所や、風通しのいい場所など、天気に応じて移動させているらしい。

今日は、竜閑川の川っ縁に置いてある。

「それはいいことだね」

すぎ女は、川を眺めながら言った。

「なんで猫のことを訊くのがいいことなんでえ？」

「だって、猫ってのは金儲けにも、政《まつりごと》にも関係ないだろ。俗事なんぞはどこ吹く風と、超然としている。そういう超然とした生きものについて訊きたいってえのはいいことなのさ」

婆さんは仙人みたいなことを言った。

「それはあいにくだった。俗事も俗事、そこの家であった殺しの調べで、猫のことを訊きたいのさ」

「そうなのかい？　猫と関係が？」

すぎ女は目を丸くした。

「それはまだわからねえさ。あんた、あのときずっと窓辺の猫を見てたんだろ？」

「そうだよ。また、あの猫ってえのは、ここらじゃめずらしいほど真っ白な猫でさ、光が当たるとさらにきれいなんだよ」

「その猫がいつごろからいて、いついなくなったとか、そういうことをくわしく訊きたいんだよ」

と、文治が言った。

「いいとも。くわしく話してやるから、こっちへおいで」

路地の奥に案内された。

長屋がある。すぎ女が来ると、井戸端から声がかかった。

「こんにちは、家主さん」

「あいよ」

「へえ、あんた家主かい？」

文治は驚いて訊いた。

「まあね」

ことともなげに認めた。


だとしたら、金に不自由はないはずである。そのわりに、着物などはみすぼらしい。

「ここだよ」

長屋の一室である。自分もここに住んでいるらしい。

「お茶は面倒だが、水ならいくらでも飲んでくんな」

と、水甕《みずがめ》を指差し、自分は近くにあった帳面を広げた。

「まずさ、あたしが路地の出入り口に縁台を出して、腰を下ろしたとき、あの猫はすでに窓辺で寝そべっていたんだよ」

「ほう」

「それからすぐ、八右衛門さんが訪ねてきた。あの人は愛想のいい旦那で、あたしにもちゃんと挨拶《あいさつ》したよ。おきたさんはいなかったね。旦那は二階に行き、そこでおとなしくしているみたいだった。それからしばらくして、おきたさんが帰って来た」

「猫は？」

「昼寝してたよ。よく寝てたね。耳くらいはぴくぴくさせるけど、起きることはなかったもの」

「へえ。ところで、それはなんだよ」

と、文治はすぎ女が見ていた帳面を指差した。

「帳面だよ。見りゃあわかるだろ」

「猫のことを書いてたのか？」

「というより、あのとき、猫を見ながら苦吟《くぎん》してたんだよ」

「くぎ抜き？」

「苦吟。発句をひねってたんだよ」

文治を馬鹿にしたように言った。

「ああ、そうか」

「それで、窓辺の猫を見ながら句をつくったんだ。これを見れば、あのときのようすがわかるってわけ」

と、すぎ女は帳面をとんとんと突いた。

「それを写させてもらえねえか」

文治は訊いた。

「かまわないよ。駄句が多いから恥ずかしいんだがね。なんせ、一日百句つくるんで、どうしたって駄句は多くなるのさ」

照れて頭を指で掻《か》きながら言った。

「なんで一日百句もつくるんだよ？」

「そうしないと、年に三万句がつくれないんだよ」

「三万句はなにか意味でもあるのかい？」

発句で願でもかけたのか。

「それくらいつくらないと、つくった気がしないんだよ」

「……」

どうも、矢崎の三万歩とどこが違うのだという気持ちになってくる。

「すると、この句はどういうことだ？」

気を取り直し、文治はまた、訊き始めた……。

八

文治はその句の写しを竜之助のところに持ち帰って来た。

「福川の旦那。まずはこれを見てください」

紙を渡した。

猫が出てくる句がつくった順に並んでいる。

猫の背も風に吹かれし芒《すすき》かな
旦那来て猫の耳ぴくり風涼し
猫の夢また昼寝かな女郎花《おみなえし》
女あるじ帰って来ても昼寝かな
小僧泣き猫もたまげていわし雲
猫あわて飛び出してゆく秋景色
殺されて猫も消えゆく二階かな
いつの間にもどりし猫の昼寝かな
出入りして落ち着かなくなる昼寝かな

これを一通り読んで、

「へえ、面白《おもしれ》えなあ」

と、竜之助は言った。

「句がですかい？」

文治は訊いた。

「いや、句のよしあしは、おいらにはわからねえ。たぶん、うまくはないと思う。でも、これを読めば、猫の動きが手に取るようにわかる」

「そうですか？　これだけで？」

「うん、わかる。この猫は、ずっと窓辺で気持ちよさそうに昼寝をしてたんだろ。旦那が来ようが、おきたがもどろうが、ずっと気持ちよさそうに寝ていた。猫がびっくりしたように動き出したのは、小僧の大声がしたときで、窓辺からはいなくなってしまったんだろ」

「すごい、旦那。まさに、おきたが説明したとおりでさあ」

文治は感心した。

「やっぱり変だぜ」

「なにがです？」

「もしも、その二階で喧嘩《けんか》のあげく殺しまであったとしたら、猫は昼寝なんかしてられるかい？」

「あ、ほんとですね」

「こりゃあ、うっかり縄なんかかけねえほうがいいぜ」

「どういうことなんでしょう？」

「いちばん気になるのはこの句だね」

と、竜之助はいちばん後ろから二つめの句を指差した。

いつの間にもどりし猫の昼寝かな

「これのどこが？」

「その前に、小僧泣き猫もたまげてとあるから、猫は小僧が騒ぎ始めて、そこでようやく窓辺からいなくなったんだろ？」

「ええ」

「次に、猫あわて飛び出してゆくとあるから、その婆さんは猫が玄関から飛び出して行ったのも見てたんだ」

「それから、ずっとこの家を見ていたんだな？」

「そうみたいです」

「はい」

「面白いなあ」

竜之助は目を閉じ、陽だまりの猫のような顔をした。

「面白いですかねえ」

「うん」

と、ぱちりと目を開き、夢から覚めたばかりのような顔で、

「だって、猫は玄関を出て行った。だが、今度は玄関を入らなかったのに、いつの間にか二階の窓辺にいたんだぜ」

竜之助はそう言った。

「あ、ほんとですね」

「こんなに面白いことはねえ」

「裏口からでも入ったんじゃ？」

「裏口はあるのかい？」

「あ、なかったような気がします」

「だったらますます面白いぜ」

竜之助はにんまりとした。

「でも、それが殺しと関係あるんですかい？」

文治は首をひねりながら訊いた。

「そこなんだよ。ぜひ、もうちっと周辺のことを聞き込んでもらわねえとな」

九

有名な〈ももんじや〉は、両国橋《りょうごくばし》東詰めの近くにある。

獣の肉を売る店である。江戸っ子もおおっぴらには食わない。だが、好きな者はいる。これを食えば、力がつくことも体験的に知っている。だから、

「薬食い」

と称して、しらばくれて食べた。

身体の弱った者が、薬として食べるのである。もちろん、元気のあり余った者が、さらに元気になるために食べてもいい。

「いいのはあるかい？」

と、巾着《きんちゃく》長屋のお寅がやって来た。竜之助に食べさせようというのだ。瓦版屋のお佐紀が見舞いに来ていて、留守のあいだ、面倒を見てくれるというのでまかせてきた。賢くてしっかりした娘だから、あたしよりうまくやってくれるにちがいない。

「入ったよ、お寅さん。とびきりのやつが」

顔見知りになったあるじが、店の奥に手招きをした。

獣の肉を、お寅は何度も食べたことがある。スリの師匠だった銀二《ぎんじ》が、これを好んで食べたからである。魚の鍋だと思ってつついていたら、猪《いのしし》の肉だったりした。

調理法もだいたいわかる。

やはり獣の肉は独特の臭《くさ》みがある。臭みは魚だってあるが、そっちは慣れているからあまり感じない。横浜《よこはま》に来る異人たちは、この国はどこに行っても魚臭いと文句を言うらしい。

慣れない臭みは、同じく匂《にお》いのきつい野菜を入れてごまかす。ネギやゴボウあたり。あるいは七味とうがらしをどっさりぶちこんでもいい。しょうゆで味つけするよりは、味噌味のほうが、臭みは消える。

肉と言ってもいろいろで、煮込んだほうが柔らかくなるのもあれば、煮込むと硬くなってまずくなる肉もある。お寅の好みで言えば、とろとろになるまで煮込んだ牛の肉がいちばんおいしい。

「葛飾村《かっしかむら》で荷役の牛が一頭死んだ」

と、あるじが言った。

「病気かい?」

病で死んだ牛の肉など、竜之助には食べさせられない。

「いや、ちがう。すべって川にはまり、溺れ死んだのさ。それまでぴんぴんしてたよ」

このあるじとは共通の知り合いも多い。だからお寅に嘘はつかないはずである。

「じゃあ、包んでおくれ」

「あいよ。ほんとは焼いて食ったほうがうまいぜ」

切り身を経木《きょうぎ》に包みながら言った。

「匂いがねえ」

近所に流れると、騒がれたりする。ただでさえ、巾着長屋は評判が悪い。

「いっしょにクサヤを焼くのさ。なあに、わかりゃしねえって」

「クサヤか」

大っ嫌いな匂《にお》いである。あんなものを食うやつは、首を締めてやりたい。

だいたいが、もともと料理そのものが大っ嫌いである。つい最近までほとんどやったことがない。それが子どもたちの面倒を見るためには、やらざるを得なくなってしまった。おかげで腕も上がったかもしれない。

結局、途中の魚屋で言われたとおりクサヤも買った。牛の肉の半分は焼き、半分はよく煮込んで食べさせることにしよう。

肉とクサヤを持ってもどってくると、八丁堀の役宅からお女中のやよいが来ていた。

「おや、やよいさんも」

「はい」

やよいとお佐紀が、二人で竜之助の枕元に座っている。

なんとなく変な感じである。

「どうしたい？」

お寅は二人に訊いた。

「いえね、やよいさんが、福川さまを八丁堀の役宅に移したほうがいいっておっしゃるもので……」

「ははあ」

お寅は声を洩《も》らした。早晩、その話は出てくるはずだった。本当なら田安の屋敷に引き上げていきたいところだろうが、こんな怪我だと向こうも大騒ぎになるだろう。

用人の支倉あたりの目が届くところに置きたいのだ。

だが、その推測は口に出せない。福川竜之助の正体を知っていることがばれてしまうのだ。それはまずかろう。

「こちらで親身になって面倒を見てくださるのはわかっていますが、奉行所のほうでも今後のこともあるから早く八丁堀に移すようにと」

と、やよいが言った。

それは嘘ではないだろう。そのほうが奉行所も都合がいい。

「まだ、予断を許さない段階ですし、動かさないほうが」

お佐紀は毅然《きぜん》として言った。

「いえ、竜之助さまは動かさず、なんなら人手を動員して、畳ごとそっと運ばせます」

「はあ」

そういうことも可能なのだ。やはりまかせたほうがいいのか。

「でも、いまはそれどころでは……」

と、お寅が訴えるように言った。

傷口から青い汁がしきりに出る。拭いても拭いても、にじみ出てくる。竜之助にも、まずはこの怪我と戦うことに専念してもらいたい。竜之助はそれでなくとも、仕事が気になっているのだ。

「だったら、なおさら」

と、やよいは言った。

「ああ……」

本当にそうかもしれない。なおさら、田安の手にゆだねたほうが……。

どっちがいいのか、しばらくお寅は悩んだ。

もちろん、そばで看病したい。

だが、竜之助のためには、八丁堀に移したほうがいいのかもしれない。

「考えさせてくれませんか？」

お寅はすがるように言った。

「明日くらいには返事をいただきませぬと」

やよいはそう言った。

嫌と言っても、つれて行かれそうな気はする。それならそれで仕方がない。

「わかりました」

お寅は唇を嚙みしめながらうなずいた。

やよいとお佐紀が帰ると、お寅は狆海が置いていった弥勒の手に向かって祈った。手は小さなタンスの上に飾ってある。

必死で祈る。

八丁堀に行くとか行かないとか、そんなことはどうでもいい。ひたすら、竜之助の手がついて欲しい。このまま回復して欲しい。

竜の数珠《じゅず》を握っていた。このところ、いつもたもとに入れていた。

竜之助がそれを寝床からそっと見ていたことに、お寅は気がつかなかった……。

十

「おきたが二階で旦那を殺したとしたら、猫が窓辺でのんびり昼寝なんかしているわけがねえだと……？」

矢崎三五郎が腕組みをした。

おきたの家の前である。

「そうなんですよ」

と、文治はうなずいた。

矢崎は一刻（二時間）ほどかけて湯島《ゆしま》、本郷《ほんごう》を一回りしたあと、また、おきたの家にもどって来たところだった。どんな事件が起きようが、とにかく江戸の町をちょっとでも歩かないと気がすまないのだ。

「人間は早足で歩かないと、身体が腐る」

というのは、矢崎の健康法というより、もはや人生観になっている。

矢崎がいないあいだに、下っ引きたちを動かし、調べはずいぶん進んだ。もっとも、竜之助の指示のおかげと言ってもいい。

「そうか、福川がそんなことをな」

「ええ。猫に目をつけるなんざ、いかにも福川さまでさあ」

文治は二階の窓を見上げて言った。その猫はいま、窓辺で首を出し、こっちを見ていた。

「だが、ふだんならともかく、福川はまだ熱でぼんやりしてるんだろ？　当てになるのかい？」

「そう思うのですが、捕り物のこととなると、目がきらりんと輝くんです」

「まったく、あいつらしいぜ」

矢崎は苦笑した。

「それで、まずは殺された旦那とおきたのことをくわしく聞きこむべきだと」

「そりゃそうだ」

「ざっと下っ引きに聞き込みをさせました。一人、変な話を聞き込んできたんです」

「変な話？」

「小田原屋の商いです」

文治がそう言うと、矢崎は首を何度も横に振った。

「あそこの商いは堅いぜ。おいらが太鼓判を押してもいいくらいだ」

「商いというのは、なんていうかそろばん勘定のほうではなく、飴の味のことなんです。死んだ隠居はこのところ、飴の味が変わったんじゃないかと気にしていたらしいんです」

「変わった？」

老舗の味はそうそう変えるものではないだろう。

「微妙にと」

「ほう」

「それで、あっしもいまさっき、小田原屋に行き、当代のあるじに訊いてきたんです」

当代ももちろん、八右衛門を名乗っている。

裏手の住まいのほうは喪中になっていたが、店は開いていた。

先代は隠居してもう十五、六年ほど経っている。いまのあるじが中心で動いていて、店への影響はすくない。それで、営業はつづけたまま、死因が死因だけに内輪の葬儀ということになったのだろう。

だが、さすがに当代のあるじも元気はない。

「うちの味が変わった？」

当代のあるじは文治の言うことに目を瞠《みは》った。

「ご隠居はなにも？」

「ああ、たしかにそれらしいことは」

隠居からは聞いていたらしい。

「うちのおやじはつねづね言ってました。お前はあたしより商売はうまい。ただ、味覚についてはあたしより劣ると。そのわけは、お前は酒と煙草《たばこ》で舌がやられている。あたしも酒は飲むが、煙草はやらないと。ちょっと中途半端な自慢なんだろうくらいに思ってしまいました……」

文治はそんなふうに当代のあるじが言ったことを矢崎に伝え、

「結局、いつもそんなことを言っていたので、隠居に言われても、くわしくは調べていなかったのだそうで」

「まあ、はっきりした話じゃねえしな」

矢崎もそんなところだろうと思ったらしい。

「あるじはね。でも、番頭や手代にもなにか言っていなかったのか、それはたしかめさせました」

文治の仕事は、そこらに落ち度はない。

「うむ、よくやった」

「でも、番頭も手代も首をかしげただけでした」

「ふうむ」

矢崎も首をかしげた。

「嘘をついてるかもしれません」

「そうだな」

「ただ、このところご隠居が、味のわかる者がいないと駄目だと気にしていたのは事実みたいです」

「でも、所詮《しょせん》、飴の味なんか殺しとは関係ねえだろ」

と、矢崎は言った。

「あっしもそうは思ったんです。でも、福川の旦那は前にも味を手がかりに殺しの謎を解いたことがありましたからね」

「あったな」

「あっしもここは突っ込みどころだと思いますよ」

「ふうん、そうかな」

矢崎は顔をしかめ、

「おめえ、高田《たかだ》さんには何も言ってねえだろうな」

と、文治に訊いた。

「ええ」

与力の高田九《きゅう》右衛《え》門《もん》も竜之助の奇禍《きか》については気にしてしょっちゅう見舞いにも来る。その高田の耳に入れたら、なんせ食通を自称しているので、やっかいだと心配になったらしい。

十一

ところが、飴の味のことは、家に入っておきたに訊くと、ずいぶん明らかになったのである。

「ああ、最初に飴の味が変わったのに気づいたのはあたしなんですよ」

と、おきたは言った。

「そうなのか?」

矢崎が疑わしそうにすると、

「あたしは甘さには恐ろしく敏感なんです。あ、そういえば、食べ忘れていた一年前の飴がありました」

おきたは、タンスの引き出しを開けた。

焼き物の器に入ったうめぼし飴があった。焼き物の器は赤くて洒落《しやれ》た模様がついている。中身がなくなっても、これを捨てる人はほとんどいないらしい。

「大丈夫。湿気《しけ》てない」

まず、自分で舐《な》めた。

「あ、やっぱりちがう」

「どれどれ」

矢崎と文治も一年前の飴と最近の飴の二種類を交互に舐めた。

「ね、ちがうでしょ？」

「ちがうか？」

矢崎は自信なさそうに文治を見た。

「うーん。魚なら自信がありますが、飴の味はちと」

首をかしげた。

「これがわからないですか？」

呆《あき》れたようにおきたが訊いた。

「わからねえよ」

文治は認めた。

「まずいわけじゃないんですよ。単にちょっと甘味の感じが違うだけ」

おきたは、自信たっぷりに言った。

「そのことを旦那に言ったんだな？」

と、矢崎が訊いた。

「はい」

「旦那は？」

「もちろん、気がつきました。お前も、よくわかったねと」

「それで？」

「それでとおっしゃいますと？」

「自分のところの飴の味がいつの間にか変わったんだ。それは大変なことだろうが」

矢崎は責めるように言った。

「あら、そうですか」

「小田原屋は老舗だぞ。老舗の味は百年経っても変わっちゃいけねえんだと、八右衛門さんも言ってたぜ」

「そうだったんですか。あたしは、ただ砂糖の分量を取り違えただけかと……あ、そういえば、旦那がときおりこの二階の堀側の窓から、蔵に入る荷物を眺めたりしていたのは、それと関係があるんですかね？」

おきたは素《す》っ頓狂《とんきょう》な声で言った。

「蔵？　蔵ってなんだ？」

矢崎は文治と顔を見合わせた。

「隣の蔵ですよ。小田原屋の蔵で、いろんな飴の材料はいったんそこに運び込まれるんです。なんでもこっちの蔵のほうが湿気が少なくて、砂糖などの保存には都合がいいんですって」

十二

「そうだったのか」

竜之助は遠い目をした。

さぞ、自分の目でたしかめたいことがいろいろあるのだろうと、文治はかわいそうになってしまう。

「飴の味を誰かが故意に変えたんだろ？」

と、矢崎が竜之助に訊いた。

「ええ、たぶん、砂糖の仕入れ先をそっと変えたやつがいるんでしょう。それをやったやつを、ご隠居が気づいてしまったため、殺されたんでしょうね」

竜之助がそう言うと、

「賄賂《わいろ》を取って、安物の砂糖で店の味を落としていたんだな。老舗のお店者の風上にも置けねえわな」

矢崎は膝を打った。

「文治。すまねえが、その家のつくりや蔵のつくりをくわしく見て、できれば絵とか図面にしてきてくれねえかな？」

竜之助が言った。

「してきましたよ」

文治は嬉しそうに懐から紙を取り出した。たぶん、竜之助ならそう言うだろうと思ったのだ。

「おう、素晴らしい」

竜之助は食い入るように見た。

「こっちが道、こっちが川です」

と、文治は自分が描いた図面を指差した。自分でも下手《へた》っぴいな図だと呆れる。

「蔵は左隣か」

「ええ」

「右隣は橋だから、何もないと」

「人通りもけっこうなものです」

「この家の出入り口は玄関だけなんだな？」

と、おきたの家を指差した。

「そうなんです」

「裏手に窓くらいはあるだろ？」

「それが、お妾さん用に買った家なんで、一階の裏の窓はつぶしちまったんだそうですよ。川からの出入りができねえように」

「変なんだよなあ」

と、竜之助は大きな声を上げた。

「何がです？」

「猫はどこから出入りしたんだろう」

「はあ」

「変だなあ……」

竜之助の声がかすれた。

また熱がひどくなって来たらしい。

「福川さま。そろそろ夕飯を」

と、お寅が声をかけた。さっきから、クサヤの嫌な匂いと、恐ろしくうまそうな匂いがいっしょに流れてきている。

「うーん、まだいいよ」

と、竜之助はつぶやいた。食欲はまた失《う》せたらしい。

目がどんよりしている。竜之助には言えないが、死んだ魚の目にも似ている。

お寅が矢崎と文治を睨《にら》みつけ、顎をしゃくった。口には出さず、もう帰れと言っているのだ。文治ももう帰らなければとは思っている。

「そうだよな。それしかねえよな」

と、竜之助はかすれた声で言った。

「そんなことよりゆっくりお休みになって」

と、文治が言うと、

「なに言ってんだい。おいらは、そうやって働いてこそ、頭も身体もよく動き出すんだぜ。のんびり横になんかなってたら、治るものも治らねえよ」

ほんとにそんな気がする。

「猫を見てえなあ」

と、竜之助は言った。

ずっと旅に憧れてきた男が、富士山を夢見るような口調だった。

「つれてきますか？」

「大変だぞ。しかも、途中で逃げられたりしたら、なおさら面倒だ。猫にはもしかしたらどこかに血がついてるかもしれない」

「血が？」

「白い猫だから、わかりやすいよ、きっと」

「わかりました。たしかめます」

と、文治は言った。

「死んでなかったんだよ」

と、竜之助はうわごとのように言った。

「なんですって？」

文治は矢崎の顔を見た。

矢崎も愕然《がくぜん》としている。

「死んだふりだよ、小田原屋の八右衛門は」

と、竜之助は呂律《ろれつ》の回らない口調で言った。

文治は一瞬、竜之助は錯乱したのかと思った。

「死にましたよ。八右衛門さんはまちがいなく」

と、文治はゆっくりと言った。

「だから、それはお妾と小僧があわてて家から飛び出したあとのことなんだよ」

「えっ」

「たぶん、裏からはしごがかけられた。それはそこらになかったら、蔵の中にでもあるはずだよ。そのはしごを上がってきた者が、今度こそ本当にぐさっ」

「驚いたなあ」

文治はふたたび後ろにいる矢崎を見た。

お寅もまた、くわしい事情は知らないはずだが、竜之助の突飛な推理に啞然《あぜん》としているようだった。

「猫はそのはしごをつたって、また二階に上がった。そのとき、まだ下手人がいたりすると、猫に血がついたりしたかもしれねえ」

「だから、前の婆さんも猫がもどるところを見ていないんですね」

文治は納得した。

「でも、ちょっと待って」

と、お寅が口をはさんだ。この話に興味を持ったらしい。

「猫って意外に臆病なところもあって、初めてかけられたはしごを上り下りするには、そうそうすぐってわけにはいかないんじゃないですか？」

「お寅さん。いいところに目をつけたよ」

と、竜之助は微笑《ほほえ》んだ。

「あら、まあ」

「初めてじゃねえんだよ。下手人はたぶん、何度か稽古をしてるんだよ。はしごを使って二階に上がるのを。たぶん、おきたはうまく呼び出されたんだ。その呼び出したやつをたぐれば、下手人が見えてくるってえやつさ」

「なるほど」

矢崎がぱんと手を叩いた。

「もっとも、飴の味や仕入れと関わるやつですぜ。すぐ近くにいるはずですよ

「……」

そこまで言うと、竜之助はいっきに深い眠りへと陥《おちい》ってしまった。

十三

「呼び出された？　あたしが？」

おきたは驚いて訊き返した。

「そう。たまたまじゃなく、呼び出されたんじゃねえのか？」

と、矢崎は訊いた。

「いいえ、だってあのとき声をかけてきたのは、あたしの友だちですよ。近所のおそめちゃんと言って、人をだますような女じゃありませんよ」

おきたはムキになって言った。

「おそめは何て言ってきたんだ？」

「そこでちらしをもらったんだけど、この町内の女だけに、今日はかんざしを進呈って書いてあるよって。ただでもらえるって言うから、じゃあ、行こうよって、そっちの小間物屋に行ったんですよ」

「それで、かんざしはもらったのか？」

矢崎はさらに訊いた。

「ところが、それは嘘っぱちだったんです。ちらしはいたずらで、小間物屋はそんなことはしてないって。でも、ちょうど安売りをしてたんで、ついつい店をのぞいて無駄な時間を食ってしまいました」

「やっぱり、呼び出されたんだな」

と、矢崎は文治に言った。

「ええ。そのちらしを配った野郎は、ここにも配るつもりだったんでしょうが、先におそめってのがおきたに声をかけちまったんですね」

と、文治は言った。

「そうだったんですか」

おきたは驚いている。

「だが、そのちらしを配った野郎の筋は当たれるかね」

矢崎の問いに、

「難しいでしょうね」

と、文治は答えた。

「おきた、おめえはつまり、下手人にされかけたってわけだ」

矢崎は言った。

「まあ、怖い」

「だから、よく思い出せよ」

「はい」

真剣な顔になってうなずいた。

「最初におめえと小僧が、八右衛門の死体を見つけたとき、まだ死んでいなかったかもしれねえんだ」

「あんなに血を流してたのに？」

「贋物《にせもの》なんだよ。胸に刺さった刃物も」

矢崎は、さも自分で気がついたような得意顔で言った。

「死んでいなかったですって？」

「そう。あんたと小僧が最初に見たときにはな。それで、あんたたちが番屋だの店に報《しら》せに走ったとき、旦那は二階の窓にはしごをかけて入って来たやつにぶすり」

矢崎がその格好をすると、

「ひっ」

おきたは目をふさいだ。

「旦那はときどきそうやってあんたを脅《おど》かしたりはしなかったかい？」

「いいえ。そんなことは……あ……」

おきたが何か思い出したらしい。

「どうした？」

「うちの旦那はなんでもあたしに話していたんですが、お店の二番番頭にこんなこと言われたって」

「なんて？」

「妾もたまには刺激してやることが肝心《かんじん》らしいですよ……と、そんなことを言われたみたいです。そのまま老けたりしたら、晩年もつまらない。といって、飽きたら替えるじゃひどすぎる。だから、どぉーんと脅かしてやるのが大事なんです、って」

おきたは、旦那の口真似もまじえてそう言った。

「なんだと、二番番頭だと……」

矢崎は嬉しそうに文治を見た。

十四

翌日——。

「なんでしょうか、おきたさん？」

と、二番番頭がおきたの家にやって来た。

「いえね、そちらの方たちがあんたに訊きたいことがあるんだって」

二番番頭はおきたが指差した後ろを見た。

八丁堀の同心と、岡っ引きが立っていた。

「これは町方の旦那方じゃありませんか」

と、引きつった笑みを見せた。

「おめえに訊きてえことがあるんだ」

矢崎が十手を軽く手のひらに打ちつけるようにしながら言った。

「な、なんでしょうか？」

「その前に、ここの裏から二階にはしごをかけてみてくれねえか？」

「は、はしごを……そんなもの、どこにあるんですか？」

と、二番番頭は訊いた。

「あるだろ。旦那が殺された日にも、おめえはそこではしごを上っていたって話を聞いたぜ」

と、矢崎は言った。嘘であるが、じっさい、見た者だっていただろう。ただ、まさか人殺しのためにはしごを上っているとは思わない。

「そ、そんな馬鹿な」

おきたに助けを求めるような顔をした。

だが、おきたは首を横に振るだけである。

「どこにあるか、わからねえのか?」

「は、はい」

「隣の蔵の中だよ」

と、矢崎は顎をしゃくった。

「ああ、ありますね。でも、あれはずっと蔵に入れっぱなしでしたから」

すこし震える声で二番番頭は言った。

「外には?」

「出しません」

「ほう。不思議なこともあるもんだ」

「何がですか？」

「まず、はしごを持ってきて、裏にかけてみるぜ」

矢崎に目配せされ、文治がはしごを用意し、二階の窓にかけた。

「さ、二階に行こう」

矢崎がうながすと、二番番頭は気が進まないようだが、しぶしぶついて来た。

窓辺に猫がいた。

「おめえには、これを見てもらいてえんだ」

と、矢崎は二階にかかったはしごの段を指差した。指と顔を近づけたところを見ると、よほど小さなものである。

「なんですか、これは？」

白くてふわふわしている。

「わからねえかい？　猫の毛だよ」

「あ」

二番番頭の顔が、さっと青ざめた。

「真っ白い猫だよ。いただろう、おめえがここから二階に上がってきたとき、こいつものそのそ這い上がってきたんじゃねえのか？」

「何をおっしゃってるのか……」

「猫の足に血がついてた。黒く変色してきてる。贋《にせ》の血じゃねえ。ほんとに刺したときの血だからだ」

「……」

「入れっぱなしのはしごになんで、猫の毛がついてんだ？　え？」

押し黙った二番番頭に、おきたの白猫が近づいてきて、

「みやっ」

と、鳴いた。

「くそぉ」

猫につかみかかろうとした二番番頭の腕を矢崎がつかんだ。

「馬鹿野郎。観念しやがれ」

十五

「おい、文治。福川にあれこれ言われているうちに、結局、謎を解いちまったな」

歩きながら矢崎が言った。

その福川竜之助がいるお寅の家に向かっているのだ。事件が片付いたことを報告しようというのである。

「そうですね」

「てえことは、おいらたちは動けねえ福川よりもまだ腕が悪いってことになる。この事件についてあんまり他言しないほうがいいぜ」

「福川さまが凄《すご》すぎるんですよ」

文治は本心から言った。

お寅の家についた。手土産《てみやげ》の小田原屋のうめぼし飴を渡す。

「どうだ?」

と、矢崎は訊いた。

「はい。起きてらっしゃいますよ」

お寅は寝床を指差した。

文治が経過をざっと報告した。

「やっぱりそうだったかい。でも、はしごの嘘と、猫の毛のことだけで、よく白状してくれたね」

と、竜之助は言った。

「なあに、おきたが旦那から聞いた証言もあるし、それに二番番頭の友だちを当たると、あの日、嘘のちらしをまいた野郎が見つかりそうなんです」

「ああ、なるほど」

「そういうことですので、福川さまのおかげです。安心して、治療に専念してくださいまし」

文治はそう言った。

竜之助はそれに答えず、窓辺のほうを見て、

「矢崎さん、文治……猫がいる窓辺ってえのはいいですねえ。おだやかでさ」

と、言った。

「そうだな」

矢崎は急に人柄をほめられたような、とまどったような顔でうなずいた。

「あんな生き方も一つですよね。でも、慌《あわ》ただしく、命がけで生きるのも一つだ。人間はなんでもかんでもは選べないですしねえ……」

竜之助は羨《うらや》ましそうに言った。

「ほんとですねえ」

文治は同感だというように言った。

「せめてしばらくは福川さまも猫のように……」

返事はない。

竜之助は、また昏々《こんこん》と眠っている。

「なんてやつだよ。こんなに疲れているのに、あんな謎を解きやがったよ」

と、矢崎が呆れたように言った。

第二章　三題噺《ばなし》

一

結局――。

徳川竜之助は、お寅の家から八丁堀の役宅へともどることになった。

移してくれというやよいの交渉が成功したわけではない。

たまたま隣の長屋でボヤが出た。それ自体は怪しいものではなかったが、家を直したりするのに、しばらく職人たちが出入りする。当然、うるさい物音もする。昼間ゆっくり眠ることができない。

どうしようもないので竜之助を移すことになった。

手の怪我はまだ安心できる状態ではないが、移すことで容態が変わったりはしない——それは、洋庵だけでなく、やよいが案内してきたお城の医者の見立ても同じだった。

ただ、手がどこまで回復するかについては、どちらも期待を語らなかった。

昼間はなにがあるかわからない。竜之助は否定したが、手を斬った者がふたたび襲ってこないとも限らない。このため、夜のうちにそっと移送されることになった。

奉行所の小者たちがふとんごと竜之助を持ち上げ、荷車に乗せた。そのまま荷車を八丁堀へと引いてゆく。

大滝と矢崎、文治と小者二人だけでなく、腕の立つ隠密廻りが二人、町人を装って護衛についた。

「大げさですぜ、皆さん」

と、竜之助は苦笑したが、皆の心配と好意はひしひしと感じられた。

空の月はちょうど半月である。

竜之助は横たわったまま、じっとその月を眺めた。

半分しか見えていない。だが、光が当たっていないだけで、もう半分もあるのだ。光と影。合わせて一つなのだ。

ふと、柳生全九郎のことを思った。

打ちひしがれた顔。わずか十四歳なのに、疲れ果てたような表情だった。

――かわいそうに……。

自分と全九郎のことは、おそらく何者かによって仕組まれてきたのだ。でなければ、風鳴の剣を破るためだけの、密室でしか戦えない剣士など、誕生するわけがない。

全九郎の剣は、風鳴の剣を無力と化すための剣だった。

逆に、風鳴の剣と対等に戦う剣というのは存在しないのか――。

ふと、そんなことを思った。

葵新陰流――それは竜之助が勝手に名づけたのだが、この剣には竜之助ですら知らない宿命があるような気がする。もしかしたらそれは、風鳴の剣が将軍家に伝わったときまでさかのぼる話なのではないか。

できれば、竜之助自身がこの謎を解いてみたい。そして、もう終わりにしたい。

だが、この謎を解くための手がかりは、こっちには与えられていないのかもしれない。

風鳴の剣を完成させようと、必死に励んでいるころは、まさかこんな謎がひそんでいるとは、考えもしなかった。

知っていたら、おそらく、この剣を学ぶことはしなかっただろう。

「こちらに運んでください」

やよいの声がした。

運びこまれるとき、ちりんとどこかで鈴が鳴った。やよいがほどこした仕掛けに違いない。

いままでいなかった犬もいる。もちろんこれも、敵を警戒するために飼われたのだ。ほかにもさまざまな工夫がなされているはずである。

奥の寝間におさまった。

半月ぶりの我が家だった。もうここは、明らかに我が家だった。やはり、懐かしい匂《にお》いがした。

二

その次の日である。

定町廻り同心の大滝治三郎が、小者二人をともなって歩いていた。

知り合いと話し込み、そばを馳走《ちそう》になったりして、すっかり遅くなった。もう日も沈みかけている。

外神田の佐久間町《さくまちょう》あたりに差しかかったところである。

細い道を入った。近道になる。

ふと、前から来た男が、大滝の姿を見ると、あわてたように踵《きびす》を返した。

——ん？

なにか怪しい。

「おい、いまのやつ」

と、大滝は顎をしゃくった。

「はい」

「大方、こそ泥あたりだろうが、捕まえるぞ」

小者二人とともに駆けた。

男は角を曲がった。

「やや っ？」

大滝たちも曲がった。だが、先へとつづく道にはもはや誰も見当たらない。道端の明かりと、半月に照らされた道には、人影一つない。

「大滝さま、消えました」

小者が気味悪そうに言った。

「まさか……」

わきの建物に大きな提灯《ちょうちん》がぶら下がっている。〈笑々亭《しょうしょうてい》〉とある。どうやらいま流行《はや》りの寄席《よせ》らしい。

「中に入ったのかな？」

と、大滝は提灯を見上げながら言った。

「そうかもしれませんね」

じっさい、下足番が客を中に送り込んだ気配もある。寄席に踏みこもうとしたとき、遠くで悲鳴がした。

「なんだ、あれは？」

大滝らは耳を澄ました。

半町ほど先だろう。道には騒ぎが起きているようすもないので、家の中か、路地でも入ったところか。

また叫んだ。ふざけた調子はまったくない。明らかに恐怖の叫びである。ただごとではない。

「大滝さま。いまの男がなにか？」

「いや、あんなところまでは行っていないだろうが」

しかし、なにか関係はあるかもしれない。

すぐに駆けつけようとしたが、この寄席も気になる。

「おめえは、この寄席の前で見張っていてくれ。怪しい野郎が出て行こうとしたら、身元を確認し、ちっと引き止めといてくれ」

と、小者の一人に命じた。

「わかりました」

大滝は別の小者とともに、悲鳴がしているほうへ走った。

悲鳴は家の中ではなく、路地の奥でしていた。

路地に入ると、騒ぎが起きていた。長屋の中の一軒の前に住人たちが集まっている。みな、怯《おび》えた顔をしている。

「どうした？」

大滝が住人を押しのけながら訊《き》いた。

「ここの松吉《まつきち》ってえ男が殺されました」

「なんだと」

家に入ると、男が横たわり、女がすがりついている。

首に紐《ひも》が結んである。贈り物でも包むような真新しい真田紐《さなだひも》である。

「どけ」

大滝は紐を小柄《こづか》で切った。身体はまだ温かい。

「しっかりしろ」

胸を叩きながら怒鳴った。こうすると蘇生《そせい》することがある。だが、ぐったりしたまま、ぴくりともしない。

「誰だ、やったのは？」

「わかりません。その路地を出て行く男の後ろ姿を見ただけです。家に入ったら、松ちゃんがこのありさまで」

すがりついていた女が言った。

「よし、ちっと人手を集める。おめえ、ここは旅籠町《はたごちょう》の文治のところに近い。呼んできてくれ」

と、小者に命じた。

「それと、近くの番屋に知らせて、町役人と番太郎を引っ張ってくるんだ」

これは、立っていた長屋の者に言った。

「へい」

慌てて駆け出して行く。

「死んだのは、松吉ってんだな」

と、大滝はまだ後ろに立っている長屋の住人に訊いた。

「はい」

四十くらいの小柄な男は、震える声で答えた。

「どういう男だ？」

「畳の職人です」

「殺されるような男か？」

「とんでもありません。ちっと調子よすぎるところはありましたが、気のいい男です。そのおしんちゃんとはまもなく所帯を持つことになってまして」

うずくまって泣いている女を指差した。

「そうだったかい。今日は仕事には？」

と、今度は女に訊いた。

「行きました。暮れ六つ（午後六時）にあたしが来て、飯のしたくをしてあげることになっていたんです。もっと早く来てあげれば、こんなことには……」

そう言って、また激しく泣いた。

まもなく、文治が下っ引き二人をつれてやって来た。

番屋からも町役人と番太郎が来た。別の町役人は奉行所に知らせに走ったという。

もう少し遅くなれば、町木戸を閉めさせたいところだが、まだ、勤め帰りの者が大勢行きかっている。こんなとき、木戸を閉めても、混乱がひどくなるだけで下手人など引っかかるわけがない。

最初にやるべきことはほとんどやったはずである。

町役人たちに、奉行所から人が来るのを待っているように命じ、

「文治、ちっと下っ引きといっしょに来てくれ」

大滝は歩き出した。

「へえ。どこに?」

「そっちに寄席があるんだが、さっき怪しい野郎が飛び込んだのさ」

三

寄席の前には、大滝がここで見張るように命じた小者がいた。六尺棒を持ち、

いかにも強面《こわもて》である。

「どうだ、誰か出たか？」

「いいえ、婆さんが一人、飯のしたくを忘れてたと出て行っただけです」

「そいつはいいや」

大滝たちは寄席の中をのぞいた。

人気噺家《はなしか》が出ているらしく満員になっている。よほど面白いのか、木戸番まで後ろで聞いている。

高座の隅に名前が出ていた。秋風亭忘朝《しゅうふうていぼうちょう》。いま、売れっ子である。一日に江戸市中の寄席を十軒ほど回るという。

「やめさせますか？」

と、文治が訊いた。

「いや。客は喜んで聞いてるんだ。トリだろ？」

「ええ。みんな、これがめあてでしょう」

「じゃあ、出るやつだけそこでつかまえて、終わるまで待っていようぜ」

ここらは矢崎と大滝の違いである。矢崎なら舞台の上に登場してでも、噺を中断させかねない。

噺はうけている。笑いが渦巻いている。

「おい、ちっと前にあわてて飛び込んできたような客はいたか?」

と、大滝は小声で木戸番のおやじに訊いた。

「ああ、いました」

「どいつか、わかるか?」

「ええ……あいつと、あいつと、あいつでさあ」

木戸番はそっと指を差した。

どことなく礼儀正しい感じの、お店者ふうの男。

髷《まげ》を小さく結って、いかにもきびきびした職人ふうの男。

そして、陰鬱《いんうつ》な顔の、誰が見ても浪人者。

みな、三十前後といったところか。

それぞれ、後ろで壁にひっつくようにして見ている。

どの男も、さっきの怪しい男に似ている気がする。

「忘朝がトリのときは、遅れて入る客は少ないんですが、今日は話の枕が始まったあたりで、つづけて三人が飛び込んできました」

「ふうん」

客の笑い声が寄席の中で渦を巻いた。

大うけのまま噺は終わった。

「おい、あの三人を逃がすなよ」

と、大滝も自ら出口のわきに立った。

「へい」

文治たちはすばやく動いた。

さりげなく、ほかの客を帰し、客席の後ろに三人を残した。

「残れだと。きさまらにそんなことを命じられるいわれはない。無礼者」

と、浪人者が怒鳴った。

いわれはある。浪人者は町奉行所の管轄である。

身元をたしかめ始めると、噺家の秋風亭忘朝が高座から降りて声をかけてきた。

「どうかなさったので？」

忘朝は世をすねたような顔つきの男である。おどおどした目つきになるときもあり、あまり噺家らしくはない。まだ若く、二十代後半といったところか。

「まあな」

くわしいことは言えない。

「あの三人が何か?」

「うむ」

「三題噺のお題をもらったことが何か?」

「何だ、それは?」

「あ、違うので?」

三題噺は、いま江戸中の寄席で流行しているのだ。

客から言葉をもらい、それを即興で話に組み込んでいく。最後にはちゃんとオチまでつけなくてはならないのだから、よほど機転が利く噺家でなければできない。

それをかんたんに説明してもらった。

「その題をあいつらから訊いたのか?」

「ええ」

「ま、それはどうでもいい。ただ、あわてて飛び込んだってことが大事なのさ」

と、大滝は言った。

「今日は福川さまは?」

忘朝が訊いた。

「知り合いか？」

「そんなところで」

「怪我をして休んでおる」

「そうでしたか」

忘朝は心配そうな顔になった。

四

話を一通り訊いたあと、大滝たちはこの怪しい三人をいったん家に帰すことにした。さすがに容疑がはっきりしない人間をいつまでもとどめておくわけにはいかない。もちろん、自宅の場所もちゃんと確かめさせている。

それから文治は八丁堀の竜之助の役宅にやって来た。

竜之助が退屈しているのはわかっている。事件の話をしてやれば、事件そのものを喜ぶわけではないが、謎解きに目を輝かせるはずである。

「やよいさん、どうも」

「あら、親分」

やよいは浮き浮きした声で言った。竜之助の面倒を見るのが嬉しいらしい。

「福川さまはお休みかい？」

「ちょっとお待ちください」

と、やよいが言った途端、

「文治。どうした？　上がれ」

案の定、待ちかねたといった声で呼んだ。

「何か起きたのか？」

「ええ。じつは……」

さっきの事件について、文治はざっと報告した。

「そりゃあ謎だらけの事件じゃないか」

「そうなんでさあ」

「へえ、寄席にいたのが忘朝さんだったのか」

竜之助には懐かしい男である。

あれは春先に起きた雪駄《せった》泥棒の事件だった。

お城にも近い一石橋《いっこくばし》のあたりで、通行人の雪駄が盗まれるという事件が相次いだ。盗まれた被害者はどこに行った帰りなのかをなぜか言おうとしない。

その場所に秘密があった。

そこは〈来福亭《らいふくてい》〉という寄席で、ここに出ている噺家がご政道批判を面白おかしく語るというので人気があった。そのため、客はここに来ていることは町方に言いたがらなかったのである。

そのご政道批判をしていた噺家が秋風亭忘朝だった。

事件そのものは、忘朝とはまるで関係ないところで解決したのだが、矢崎がこの芸を聞きとがめ、取調べようとした。それを竜之助の機知で救ってやったことがあったのである。

寄席に噺を聞きに行くと約束したが、なかなか行けずにいる。なんせ江戸の町では珍妙な事件が次から次へと起きるのだ。

「怪我のことを言ったら、心配してましたよ」

「そうかい」

「見舞いに来たいとも」

「嬉しいことをいってくれるね。でも、売れっ子の噺家なんだから、無理するなって言っといてくれよ」

「へい」

「それで三題噺の題をね」

「いつも慌てて飛び込んできたやつから題をもらうんだそうです。だいたい忘朝に言わせると、人間てえのは題をくれと頼んでも、そうたいしたことは考えねえんだそうで。せいぜい世の中でいま噂になっている話を思い出すだけ。でも、慌てて飛び込んできたやつは考えるひまがないから、いまてめえがいちばん関心があることをぽろっと言ってしまう。そういうもののほうが、題として使えるみたいです」

「なるほど」

竜之助は感心した。

「言われてみればそうですね」

「うん。忘朝さんはさすがに面白いなあ。それで、三人はなんと言ったんだい?」

「それが……」

文治はしまったという顔で肩をすくめた。

「なんだ、聞いてねえのかい?」

「いやあ、いま、福川さまと話して初めて、あれは大事なことだったんだと思った次第でして。申し訳ありません」

「なあに、そんなものだよ」

と、竜之助は言った。非難の調子は微塵《みじん》もない。

「じゃあ、さっそく聞き出してきますが、なんせ売れっ子でしてね、江戸中の寄席を飛びまわっているので、なかなかつかまらねえかもしれませんが」

「ま、忘朝さんをつかまえなくても、その三人や客が知ってるからな」

「あ、そうでしたね」

それなら今晩中にもわかることである。

すぐに聞き出し、またここに来るつもりだった。

「三人の身元も住まいもわかってんだろ？」

「それは絶対に大丈夫です」

「面白くなってきたぜ」

竜之助は嬉しそうに言った。

と、そこへ——。

「ごめんください。今晩は」

聞き覚えのあるしゃがれたような声がした。

五

なんと、秋風亭忘朝が見舞いに来てくれたではないか。

「よう、忘朝さん、ひさしぶりだ」

竜之助は右手を上げた。

かすかに眉《まゆ》が動いた。右手を動かすだけでも、左手に響くのだ。

「災難でしたね」

「なあに、たいしたことはねえのさ」

文治とやよいが顔を見合わした。

これがたいしたことでなかったら、なにが大事なのか。

「左手ですか？」

「うん、かすり傷だ」

「よかったですね、左手で」

忘朝は事情を知らないから、暢気《のんき》なことを言った。

「聞いたよ、さっきの騒ぎは」

「ええ。あっしも一日中、江戸の寄席を回っていると、変なできごとにもぶつかったりします。でも、下手人の疑いのあるやつから題をもらったのは初めてです」

「その題のことなのさ」

「へえ？」

「どんな題をもらったんだい？」

と、竜之助は訊いた。

忘朝はすぐにあのときのことを思い出したらしく、

「噺の枕が始まってから、ほぼ同時みたいに三人が飛び込んできました。友だち同士かと思ったら、そうでもなかったみたいですね」

「ほう」

「最初の男は、商家の手代ふうの男でした。そいつは、題をくれというと、辰巳《たつみ》と言いました」

「辰巳……」

竜之助は繰り返した。

「次のは、鳶《とび》の職人ふうの男で、夕立《ゆうだち》と言いました」

「夕立ねえ」

「最後は浪人者です。こいつは題をくれと言ったら、やかましいと怒りましてね。やかましいにしますかと言ったら、天誅《てんちゅう》と言いました。それで、天誅をお題ということにしたのですが、あれは題のつもりで言ったわけではないでしょうね」

と、忘朝は笑った。

「辰巳と、夕立と、天誅か」

竜之助はもう一度、繰り返し、

「どれもなんか怪しげだなあ」

と、言った。

「たしかに三人とも一癖ありそうでしたぜ」

「そうか。それにしても、これで噺をつくったんだろ？」

「なんとかね」

「それが凄いよ。どんな噺になるんだい？」

「あ、それはですね……」

と、即興の噺をなぞってくれた。

……辰巳芸者の蝶丸《ちょうまる》姐さん、このところ、さっぱりお座敷がかからない。ご時勢というより、ちょっと歳がいってしまって、若い芸者に仕事を奪われているというのが実情だ。

近ごろでは、いろいろと切り詰めるのが大変で、おかず代まで節約しなければならない。

「ええい、しゃくにさわるねえ」

ぶつぶつ言いながら歩いていると、弱り目に祟《たた》り目、夕立に遭《あ》った。着物や足袋《たび》を濡らしたくない。通りがかりの軒先に飛び込んだ。

四、五間先も見えないほどの雨。ほとんど唯一の仕事になっている小唄の教授にも遅刻しそう。

「弱っちまったねえ」

蝶丸は泣きたくなる。

とそこへ、もう一人、飛び込んできた。

「なんだんべえ、この雨はよう」

田舎弁丸出しの中年の男。だが、身なりや持ち物は悪くない。

「こりゃ、どうも」

「弱りましたね」

「深川の芸者さんだね？」

黒い羽織で見当をつけたらしい。まるっきりの無粋《ぶすい》な男でもないらしい。

「ええ、まあ」

「どうだい、深川の景気は？」

「おかげさまで。忙しくて、忙しくて、まいってしまいます」

と、見栄を張った。

「いいのかい？　驚いたなあ、こんなご時勢に」

「こんなご時勢だからこそですよ。遊んでいる場合じゃないと思うのは素人《しろうと》さんでね、こういうご時勢だから、楽しくぱあっとやりたいんでさぁ」

そんな客たちもほんとにいる。ただ、蝶丸にお呼びがかからないだけ。

「たいしたもんだなあ」

「遊びましょ、旦那」

「そうだよな。でも、料亭にしけこんで、あんたの芸を聞かせてもらったりしてたら、とても持ち金じゃ足りそうもねえもの」

さっと雨が上がった。

このままじゃ、せっかく知り合った旦那とまた縁が切れてしまう。

「旦那。あたしだってこんな昼から芸はできませんよ。そこらのそば屋の二階で天ぷらでもつまみながら」

なにせこのところ、ろくなものを食べていない。せめて天ぷらにでもありつきたい。

「ああ、それくらいならいいよ」

天ぷら屋の二階に上がった。

ところが、二人が入った隣の部屋がやたらと騒がしい。

武士たちが口論をしている。

「おぬしらとはもう、やっていけぬ」

「だったら、一人でやれ」

などと、おさまる気配はない。

蝶丸のほうは、そんなことはおかまいなし、ひさしぶりに食べる天ぷらがおいしくてどんどん食べる。酒もがぶがぶ。

そのうち、隣では一人の武士が怒って飛び出して行った。

しばらくして——。

ひょいと窓から外を見た旦那が、

「おい、蝶丸、見てみな。飛び出した武士がまた、もどって来た。血相が変わってるから危ねえぞ」

「大丈夫だよ、侍同士の喧嘩だもの。あたしたちには関係ないさ」

蝶丸はまるで平気。

「ちょいと、足りないよ」

手を鳴らして、何か追加を頼もうとしたとき、がらりと戸が開いた。さっきの武士が部屋を間違えたらしく、刀をふりかざして、

「天誅!」

すると、蝶丸、怖がりもせず、

「天誅? 違うよ。天つゆ!」

「……とまあ、これがいわゆるオチというわけで」

ざっとだが、売れっ子の秋風亭忘朝が、竜之助の枕元で語ってくれた。

「凄いなあ。そんな噺が咄嗟《とっさ》にできちまうんだ」

竜之助は感嘆の声を上げた。

「なあに、あっしらのは噺がどうなったって、別にかまわねえ。無数の別れ道がありゃ、どこを通ったってかまわねえんです。でも、捕り物は下手人という一点めざして迫っていかなくちゃならねえ。そっちのほうが大変ですよ」

「いや、大変さは比べようがないよ。それに、おいらたちはみんなでやる仕事だもの。忘朝さんはたった一人でやる。たいしたもんだよ」

竜之助はますます感心した。

「見舞いに来たつもりが、ほめられに来たみてえだ。じゃあ、お大事になさってくださいよ」

と、忘朝は照れながら立ち上がった。

忘朝を見送ると、

「まずは、殺された松吉の数日の動きをつかむことだよな」

竜之助は言った。

「ええ、それはもう始めてます」

「それで、三人がなぜ、その言葉を言ったのかを訊いて、おいらにも教えてもらえたら嬉しいんだがね」

竜之助はいくらか遠慮がちに言った。

「もちろんですとも」

文治は大きくうなずいた。

動けない竜之助が、一日三万歩を歩く矢崎よりも先に、事件を解決してしまうのではないか。

六

殺された松吉は、佐久間町の裏店《うらだな》で真面目に働いてきた。

畳職人になって十年。親方のところを出て、大きな仕事を手伝いながら、自分の店をつくる準備を始めていた。

その矢先のこれである。

「なんで松っつぁんが……教えておくれよ。なんで松っつぁんがこんなことをされなきゃならないんだい」

いっしょになる約束をしていたおしんの嘆きようは、かわいそうで見られたものではなかった。

この日も、松吉は親方の手伝いに出た。

親方は日本橋の油問屋〈西京屋《さいきょうや》〉の畳替えを依頼されていた。

大店《おおだな》だし、裏手の住まいのほうも替えるというので、親方のところだけでは職人が足りない。

松吉はその裏手のほうを担当し、一生懸命、仕事に励んでいたらしい。

「裏手は、旦那の夫婦と二人の子どもが暮らす八畳、六畳、女中部屋、それに二階の四畳半が二間、あと隠居の離れが八畳と四畳半です」

図面を見ながら親方は言った。

「これを一人で？」

と、文治は訊いた。

「なあに、一日でやるわけじゃあねえ。表店のほうはこの四、五倍あるんで、そっちには手が回らねえんですよ」

「松吉は、一昨年まで親方のところにいたんだって？」

「ええ。腕はまああだが、真面目に仕事をする男でした。ちっと融通が利かねえところはありましたが」

それから、例の三題噺の三人の名を出し、この連中と関わりはなかったかどうかを訊いた。

「いやあ、あっしは知りませんね。松が知り合いになるとしたら、このうちでは鳶職の男かもしれねえが、聞いたことはねえです……」

親方は申し訳なさそうに言った。

そして、松吉はこの日も真面目に働き、あと八畳間だけを残したところで、早めに切り上げたのだった。

七

「辰巳」

という題を出した、お店者ふうに見えた男は、日本橋にある白粉屋《おしろいや》〈椿屋《つばきや》〉の手代、梅蔵《うめぞう》だった。

目が細かったり、笑うと口が曲がったりするが、すっきりして見える男である。

店では話も訊きにくいので、近くの甘味屋まで呼び出した。

まだ住み込みの身分だという。

「遠いじゃねえか」

と、文治が言った。

「え？」

「日本橋にいるのに、神田の寄席に行ったんだろ。ここらのほうが、一流の寄席はいっぱいある。なんであんなところに行くんでえ？」

「あっしは、忘朝師匠が好きでね、どうしても聞きたくなるときがあるんです。それで、あの日は〈笑々亭〉に出るってえのは知ってたんで、店が終わるのを待ちかねて、あそこまで駆けつけた次第です」

と、照れながら言った。

「そんなにいいかい、忘朝は？」

「ええ。毒舌なんだが、愛嬌《あいきょう》がある。話の回転もいいから飽きさせねえ。まだ若いけど、あれは名人になるでしょう」

まあ、世間一般の評価もそんなところらしい。

「ところで、あんた、なんで辰巳という題を出したんだい？」

「ああ、あれね。じつは、あっしはいま深川芸者の長七《ちょうしち》ってえのにぞっこんでしてね。そいつのことばかり考えていたから、つい辰巳と言ってしまったんでしょうね」

「ふうん」

深川は江戸の中心からすると、辰巳の方角である。そこで、深川芸者を辰巳芸者とも呼んだ。

深川芸者は男の名をつけるから、長七という芸者がいても不思議ではない。

「おめえの椿屋ってえのは、西京屋に近いな」

と、文治は言った。

「油問屋の？」

あのあたりにいて西京屋を知らないやつはいない。

「なんかつながりはあるかい？」

「さて、どうでしたか。番頭さんに訊いてみねえと」

「いや、いいんだ。それと、畳職人の松吉ってのは知ってるな？」

早口で訊いた。

ひっかけようという魂胆《こんたん》である。

「松吉？　畳職人？　いや、知りませんね」

と、首をかしげた。

嘘を言ったふうには見えない。

「寄席のすぐ近くの長屋で殺された男がいた」

「そうらしいですね」

「下手人は逃げる途中、寄席に逃げ込んだんだ」

「あたしは逃げ込んだわけじゃありませんよ」

「だが、おめえが疑われても不思議はねえだろ？」

「そんな……」

梅蔵はぼんやりした目で宙を見つめた。

「白粉屋なんざ色っぽい商売だな」

「はあ、よく言われます」

「白粉屋は女にもてるだろ」

「そりゃあ人それぞれでしょう。あっしは下駄屋でも傘屋でももてる自信はあります」

と、胸を張った。

「へえ、そうかねえ」

「それに旦那、白粉ってのはたまに嗅《か》ぐにはいい匂いですが、毎日、あの匂いの中にいますと、身体中に染み付いて、白粉臭くなっちまいます。たまりませんぜ」

と、梅蔵は顔をしかめた。

あのとき、松吉の家は白粉の匂いなどはしなかった。

八

鳶の助次郎《すけじろう》は、日本橋南の小松町《こまつちょう》の長屋になかなか帰ってこなかった。帰ったときにはずいぶん酔っていた。

水を一杯飲んで、そのまま眠りこけてしまいそうなのを、

「まだ寝るには早いぜ」

と、揺さぶった。

着物が乱れ、半身の彫り物が見えた。首から足首まで、いわゆる倶利迦羅紋々《くりからもんもん》である。弁天さまもいれば、竜も飛び、桜吹雪が舞っている。動くお神輿《みこし》のようである。もっとも、鳶の者にはめずらしくない。逆にないほうが格好がつかない。

「なに、しやがる」

大声でわめいた。

「訊きてえことがあるのさ」

と言って、文治は十手をかざした。

助次郎は目を瞠った。

「なんですかい？」

「おめえ、寄席に飛び込んだとき、題を求められて夕立と言ったな。なんで夕立だったんだ？」

「あの日、あっしは仕事で根岸《ねぎし》にいたんでさあ。そこで夕立にあったんだ。急遽、仕事は中止になり、帰ってくる途中であの寄席の前を通ったってわけで」

「それで夕立かい？」

「それがなにか？」

すぐにうとうととする。

後ろで話を聞いていた下っ引きが、

「親分……」

と、文治をつついた。

「なんでえ？」

「じつは、あの日、あっしも根岸のあたりにいたんです。それで、あのへんでにわか雨があったのは本当です。ただし、朝方でしてね」

「なんだと」

「にわか雨にあったから仕事が終わったというなら、寄席に駆けつけるまで、ずいぶん時間がありますよ。変ですよ」

と、下っ引きは小声で言った。

「そりゃあ変だ」

文治はすぐにそのことを問い詰めた。

「雨は朝方だったですって？　そうだったかなあ」

助次郎の目がうつろである。とぼけているようにも見えなくはない。

「そうなんだよ。てめえ、何か隠しごとがあるだろ？」

「そんなものねえですって」

いくら問いただしてもはっきりした返事はない。

ぐるりと部屋を見回す。

なんか、こいつにはそぐわない部屋のような気もした。

「おめえ、西京屋は知ってるよな？」

と、文治は訊いた。

「そりゃまあ、日本橋界隈《かいわい》の瓦葺《かわらぶ》きの仕事が多いので、西京屋の屋根にもたしか乗ったことはありますよ」

「じゃあ、畳職人の松吉は知ってるな?」

「はあ?　よう、旦那。西京屋は油の問屋ですぜ。なんで畳職人が関係あるんですかい?」

助次郎は、呂律の回らない口調で憤慨した。

九

浪人者は自ら「新垣小十郎《あらがきこじゅうろう》」と名乗ったが、ほんとうの名かどうかはわからない。だが、この名で呼ぶしかない。

土州浪人とも言ったが、これだって確証はない。

柱に背をつけたまま、文治を睨んでいる。

目つきが悪い。

「新垣さまは酒でも飲んでるので?」

「なに?」

「目が据《す》わってるみたいだから」

「わしは酒など一滴も飲まぬ」

と、ゆっくり刀に手を伸ばした。

「おっとっと」

文治はゆっくり後ろに下がった。いざとなったら逃げる。

なるほど家の中には酒の樽もとっくりもない。飲まないというのは本当なのだ。それなのに、酔ったような顔つきをする。こういうのは、ほんとに危ないやつである。

「あの寄席で、天誅とおっしゃいましたよね」

「ああ」

「どうして天誅と？」

「わしはいつも天誅のことを考えているからさ。やがて、仲間がそろう。八百人はくだらない。町方あたりじゃどうにもならぬぞ。金に薄汚い連中は気をつけることだな」

と、新垣は笑った。

「なぜ、寄席に？」

「え？」

「ああいうところは腹を抱えて笑ったりするところですぜ。いつも天誅のことを思っている人は行きませんよ」

「あの秋風亭忘朝というのは、公然とお上をからかうと聞いたのだ」

「ああ」

たしかにそんな噂もあった。

「だから、それを聞こうと思ったまで。がっかりだった。なにがお上をからかうだ。ただのお笑いだ」

と、唾でも吐くような口調で言った。

「西京屋はご存じですか？」

文治が訊くと、

「西京屋だと？」

怒りが顔中に広がった。表情の激変はやはり怖い。この男のそれは、団扇を回すように変わる。

「あ、ええ……」

「なぜ、そのようなことを訊くのだ？」

立ち上がりかけたので、文治は慌てて退散した。

十

文治の報告を聞き終えて、竜之助は寝床の中で考えている。

「ずいぶん、わかってきたんだがな」

天井を見ながら、竜之助は言った。

「え、これだけでですか？」

「ああ、下手人のいるほうは見えてきたよ」

「あっしは真っ暗闇の中です」

と、文治は嘆いた。謙遜《けんそん》でもなんでもない。

「やはり、慌てて大事なことを言ってしまったんだよ」

「あっしは、三人と会ってみて、新垣が臭いと思いました」

「新垣は違うだろう」

と、竜之助はきっぱりと言った。

「違いますか？」

「だが、西京屋を脅したりすることはあったかもしれぬ。流行りの押し込みのほうでな」

「ああ、そっちですか」

文治はうなずいた。志士をよそおったただの押し込みが相次いでいる。いくらかは本物の志士もいるらしい。新垣がどっちなのかはわからない。

「今度のこととは関係ないだろうな」

「えっ、じゃあ、やっぱり助次郎ですか？」

「どうかなあ」

「あいつ、夕立のことでも嘘をついてますし」

「それはひょっとしたら柄にもないことをしてたんじゃないかな」

「柄にもない？」

「ああ、美談になるようなことさ。そんなのが明らかになったら、睨みが利かなくなる。だからしらばくれているのかもしれねえよ」

「そういえば、さっきは言い忘れましたが……」

文治は思い出したことがあった。

助次郎の家の隅に、花瓶と花束が置いてあったのだ。倶利迦羅紋々の助次郎にはおよそ似つかわしくない。

しかも、そのわきには、書付のようなものがあり、ちらりとのぞくと、「助次郎さまのおかげで怪我もなく……」と、書いてあった。

「それだよ」

と、竜之助は言った。

「そうか、お礼ですね」

「ああ。照れてるだけなんだよ」

「では、残ったのは……まさか、梅蔵?」

「ちっと変なところもあるしな」

「あっしにはあいつがいちばんまともでしたがね」

と、文治は首をひねった。

「いずれにせよ、松吉はこの五日は西京屋の仕事で手一杯だったんだろ。ほかにはなにもしちゃいねえ。だったら、その仕事にからむことで命を奪われたにちげえねえさ」

「なるほど」

「そこはどういう部屋だったんだろう?」

竜之助はじれったそうな顔をした。

自分で見に行けないのが歯がゆいのだ。

「そう思いましてね。また、図面を描いてきました」

文治は懐から紙を出した。

「ああ、嬉しいねえ」

そこへ、お寅とお佐紀がつれだって見舞いに来た。

十一

お寅とお佐紀はさほど長居はせず、竜之助の顔色を確かめると、安心したように帰って行った。

文治は二人を見送るとすぐに、

「あのお寅が、ずいぶん気を遣ってましたね」

と、感心したように言った。

「そうかい？」

「ええ。お寅は変わりましたよ。あの、銀二の跡目を継いで、スリの一味をひきいることになったときの迫力ときたら、あっしでも声をかけにくかったくらいです」

「そんなにかい」

「それが、近ごろじゃ孤児たちの面倒は見るわ、こうやって旦那の看病はするわ。どうも解せねえんで……」

文治はしきりに首をかしげる。

見舞いに持って来てくれたのは、例の牛の肉を煮込んだものだった。

「これは何だ?」

といっしょにお相伴《しょうばん》にあずかった文治が訊いても、牛の肉だとは絶対に言わなかった。だが、竜之助はわかった。いままで何度も食べている。

たしかに、お寅には何かひっかかるものがある。

それがなんなのかはわからない。

あの看病ぶりはありがたかった。よく子どもの世話は大変だと、愚痴《ぐち》をこぼしているが、やはり根は面倒見のいい人なのではないか。

そういえば、以前、

「子どもを一人、生き別れにさせちゃいましてね」

雲海《うんかい》にそう言ったのを、わきで聞いたことがある。

お寅はいま、四十四、五といったところか。

すると、その子どもというのは——。

竜之助とだいたい同じ年ごろかもしれなかった。

「お寅さんか……」

名前に十二支の生きものはよく使われる。竜之助も「竜」がある。

「辰巳も名前かな」

と、竜之助は言った。

「なるほど、名前ですか。でも、旦那、辰巳なんて野郎は、いままで出てきちゃいませんぜ」

「友だちかもしれねえ」

「ははあ」

「あるいは、やはり……」

竜之助は、文治が書いた図面をもう一度、のぞきこんだ。

十二

「もちろん大金は毎日、蔵の中におさめます」

と、西京屋のあるじは言った。

「この母屋のほうには？」

文治は訊いた。

「金は置きません」

と、きっぱり言った。

――やはりそうか。

と、文治は思った。

「畳屋が出入りしてるところに金は置かねえさ。だから、何か別のものを狙っているやつがいるんだよ」

福川竜之助はそう言った。

文治はまず、名前を出した。竜之助がいちばん臭いと指摘した男である。

「椿屋の梅蔵？　椿屋ってえのは白粉屋だったたね？」

西京屋のあるじは首をかしげた。

「ええ、ご存じないですか？」

「どうだい、番頭さん？」

と、後ろを見た。

「それは手代の丈吉《じょうきち》の友だちですよ」

番頭は言った。でっぷり肥って、あるじより貫禄がある。

「丈吉のな」

　と、あるじは顔をしかめるようにした。

「なにか？」

　文治が訊いた。

「うん、ちっとね」

　あるじは口を濁した。

「旦那、あっしは殺しの調べでいろいろうかがってるんですぜ」

　文治がめずらしくきつい口調で言った。

「そうだったね。いや、丈吉ってのはどうも、女癖が悪くて、ほうぼうで面倒を引き起こすので、やめてもらおうと思ってるんです」

「そうでしたか……まさか、こちらのお嬢さんにも？」

「いや、それはないよ。うちの娘も、丈吉は気味が悪い、大ッ嫌いだと言ってますから。ただねえ……」

　と、最後はまた、あやふやな感じになった。

「旦那。いま、はっきりさせとかないと、お嬢さんに危害が及ぶことになりかねませんぜ」

おどしではない。本当にそうなる可能性がある。

「えっ……いやね、文吉は嫌いらしいが、その友だちにどうも気に入ったのがいるみたいで。じつは、さっきもちらっとそれを心配したのです」

「なるほど」

これで、あるじの妙なようすの理由は察しがついた。娘と椿屋の手代の梅蔵との仲を心配しているのだ。

「これはこちらの裏手の間取りですがね」

と、文治は自分で描いた図面を出した。

「ああ、はい」

「辰巳の方角ってえと、どっちになります？」

図面を示しながら訊いた。

「辰巳はこっちだよ」

あるじは指を差した。

「その端にある部屋はどなたの部屋です？」

「うちの娘だよ。おときの部屋だよ」

「ちっと案内してくれませんか。まずいことになっているかもしれません」

「まさか」

あるじは顔色を変えた。

文治はおときの部屋に入ると、一通り見回して、

「ここは掘りごたつ用の畳はないんですね？」

と、訊いた。

「ああ、おときはもっとかんたんな置きごたつを使うからね」

「でも、たぶんこの前の畳替えでは、半分に切った畳もつくったはずですよ」

と、文治は言った。

これこそが、竜之助がおよそ半刻（一時間）も図面を睨んで、ついに導き出した核心だった。

畳だ。下から忍び込むための畳がさりげなく隠されているのだ——と、竜之助は指摘したのだった。

「え？」

あるじは何のことだかわからない。

「たぶん、ここですよ」

文治は大きなタンスのわきを指差した。

そこの畳を持ち上げさせると、折れるように上に開いた。つまり、畳は一畳分ではなく、半畳に切られていた。

「これは……」

床下には穴があった。ちょうど人ひとりがくぐることができるくらいである。

あるじたちも、もうわかったらしい。

おときは狙われていた。まんざらでもなく思っていた椿屋の手代の梅蔵に。

これを松吉に命じたのは、丈吉だった。

もちろん松吉はなにも知らないが、

「なんかの間違いじゃねえですか？」

くらいは訊いたのではないか。

「いいんだ、それで」

「でも、こんな隅にこたつの仕掛けをつくるなんて変じゃねえかな。明日、こちらの旦那に確かめておいたほうがいいかもしれねえな」

松吉はカタブツである。いわれのないことはやりたくない。

たぶん、そんなやりとりになった。

旦那になど言われたら大変である。手代同士で相手のお嬢さんをたらしこみ、あるじの座におさまろうという計画は無に帰してしまう。

そのために松吉は殺されたのだった。

十三

「最後はもろかったです」

と、文治は竜之助に報告した。

直接、訊問を担当したのは、矢崎三五郎だった。竜之助が元気なときでも、最後の仕上げは矢崎が担当しただろう。

手代の丈吉を番屋の奥の部屋に入れ、声を出せないよう猿ぐつわをした。

呼び出した椿屋の梅蔵は、のらりくらりしらばくれていたが、途中でちらりと丈吉の姿を見せた。

これですっかり観念してしまったという。

竜之助はもう少し手間がかかると予想していた。矢崎の睨みのおかげもあったかもしれない。

「余計な手間がいらなくてよかったじゃねえか」

「やはり、丈吉は梅蔵に、辰巳と伝えていました。福川さまが睨んだとおり、辰巳の方向の畳を持ち上げろという意味です」

梅蔵が床下からお嬢さんの部屋に忍んでくるはずだった。そのための段取りを丈吉が準備したのだ。

丈吉は丈吉で、椿屋の娘の部屋に忍ぶことになっていた。

「潜入する床下の方向を梅蔵は寄席でうっかり言ってしまったわけだ」

「そこまでわかるなんてと、愕然《がくぜん》としてましたよ」

「そうかい」

「西京屋のあるじもずいぶん細かく調べたんでしょうねと感心していました」

「へえ」

「床に寝たままですべて推理したなんて知ったら、驚くでしょうね」

「あっはっは、そうかなあ」

竜之助は嬉しそうに笑った。

「だが、一つだけわからねえことが」

「なんだい?」

「あの松吉の家に飛び込んだとき、白粉の匂いなんかしませんでしたよ。あっしは、鼻はそう悪くないんですが」

文治が首をかしげると、

「嘘なんだよ。白粉を自分でつけたり、かぶったりするならともかく、店で売るくらいじゃそこまではしみつかねえよ。そんなわけねえって知ってて、そういうことを言ったんだ。おいら、その話を聞いて、逆に梅蔵を疑ったのさ」

と、竜之助は会心の笑みを浮かべてそう言った。

十四

「なんと、竜之助さまの手が……」

柳生清四郎《せいしろう》は、霊岸橋《れいがんばし》の欄干にもたれ、崩れ落ちそうになる身体を支えた。

ちょうど、外の通りで鉢合わせした。やよいは怪我のことをあらかじめ伝えておこうと、立ち話ができるところに連れて来たのだった。

「幸い、斬り離された手はくっつくだろうと」

やよいもつらそうな顔で言った。

「だが、竜之助さまは……」

柳生清四郎は、次の言葉を飲み込んだ。それでも、言いたいことはわかる。竜之助は剣士である。ただくっつけばいいというものではない。

「前のように動くことはありえないだろうと」

と、やよいは医者たちの言葉を伝えた。いまもほとんど動かない。かいこが頭をもたげるようにぴくりとするだけである。

「どんなにお辛いことか」

柳生清四郎は、下の流れを見ながら呻《うめ》いた。

竜之助の剣の師匠である。将軍家にだけ伝えられる新陰流。なかんずく風鳴の剣——それは王者の剣とも呼ぶべき最強の技である。清四郎の家は、代々それを教授する役目を担ってきた。

師弟ともに、凄《すさ》まじい苦しみの中で伝授し、身につけた剣技。それがついに無に帰することになるのだ。

「それが、そうでも……」

やよいは、つぶやいた。

竜之助はどう見ても、手のことを気に病んでいるようには見えないのである。くっついただけでもありがたいのに、前のように動くなんて望みすぎだとも言っているくらいである。

だが、武芸者としての未来は厳しいのではないか。

竜之助はやよいの思いを察したらしく、

「剣が握れねえからといって、同心として働けねえわけじゃねえだろ」

そう言ったものである。

「それより、清四郎さまもどうかなさいましたか？」

やよいは訊いた。

歩くのがやっとというありさまである。最初は長旅で疲れ果てているのかと思ったが、そうではない。手や足が、枷《かせ》でも嵌《は》められているかのような、ぎくしゃくした動きなのである。

「うむ。尾張《おわり》で雷に打たれた」

「雷に……」

呆気《あっけ》に取られるような話である。

「ある男と戦おうとしていた。そのとき、雷鳴がとどろき、あたりが真っ白い光に包まれた。わしは気を失い、気がつくと、とある屋敷に寝かされていた」

あれも、不思議だった。

決闘のとき、誰かに見られている気がしたが、もしかしたらあの屋敷の人物だったかもしれない。

「身体の中の小さな骨がいくつも砕けたらしい。うまく動かぬのだ」

と、清四郎は指先をこすり合わせるようにしながら言った。

「まあ」

「道中のうちに回復してくれるかと期待したが、まるで駄目だ。逆に、筋などが硬くなってきた気がする」

「治療の手立てを用意します。まずは鍼《はり》を」

いまにも連れてきそうな勢いで言った。

「いや、おそらく無理だ」

「そんなこと、おっしゃってはいけませぬ」

「もう、次の遣い手を育てることもできまい」

清四郎はかすれた声で言った。

そのかすれ声は、やよいの胸にも木枯らしのように響いた。

「若さまが手を斬り落とされ、清四郎さまは雷に身体を打たれ……」

やよいは嗚咽《おえつ》をこらえた。だが、涙がこぼれるのを抑えることはできない。

「終わるのじゃな……」

と、柳生清四郎は言った。

「え？」

やよいは清四郎の横顔を見た。鉄の像のように強《こわ》ばって見えた。

「徳川の剣が終わろうとしているのだ……」

第三章　もらい煙草の男

一

徳川竜之助が八丁堀の役宅にもどって、ひと月ほど経った。

傷口からはまだ、緑色の液体が染み出している。

黒かった左手の皮膚の色はずいぶん薄れた。

だが、痛みが出てきた。心ノ臓の鼓動に合わせた、うずくような痛みである。

指の先が痛くて眠れない夜もある。

痛みはあっても、かすかな感覚というものはない。こすったりくすぐったりしても、何も感じない。

「くっつくでしょう」

とは、お城の医者も洋庵も言った。お城の医者は自信たっぷりに、洋庵はほっとしたように言った。だが、

「動きはずっと不十分なはず」

という予想も共通していた。

「不十分とは？」

そう訊くと、

「剣を握るまでには……」

と、口を濁す。

そんなことはまったく期待していなかった。剣などもう使うつもりはない。むしろ、ありがたい事態と言えなくもない。

左手の自由が利かないと、つばくろ十手も難しいが、なに、ああした武術の技などいくらでもひねりだせる。相手に致命傷を与えない捕り物用の武術を編み出せばいいだけの話ではないか。

竜之助は焦っていない。

むしろ、この数日は退屈を感じ始めている。

つくづく人間というのは贅沢《ぜいたく》だと思う。横になってばかりのときは、窓から見

える鳥の姿でずいぶん無聊《ぶりよう》をなぐさめた。昔、覚えた鳥の名前は十年以上経っても忘れないでいた。コゲラ、モズ、カモメや海鵜《うみう》などの水辺の鳥も、向かいの家の屋根にとまった。八丁堀は意外に海にも近い。

夜になると虫の声に耳を傾けた。口笛で声色も稽古した。

——なんと豊かなわが家か……。

とさえ思ったものだった。

それでもいまは、外を歩きたくてたまらない。

下駄をつっかけて、すこし外に出ることにした。といっても、すぐ近所までにする。やよいからは、まだ外出はやめてくださいと、何度も念を押されている。

今日は支倉のところにでも行ったらしく、鬼のいぬ間のなんとやらである。

左手には添え木をし、首から下げている。同情のこもった目で見ていく人もいる。

越前堀《えちぜんぼり》の前に立った。

柳が枯れかけていて、茶色になった細い葉が、回りながら水面に落ちていく。

枯れた葉にも小さな風情《ふぜい》というものはある。やはり水辺は心地よい。

天気はよく、のんびりしている。

竜之助が一人、大怪我をし、剣術遣いにとっては致命的ともいえる痛手を負ったからといって、世の中がどうこうなるわけではない。海に小石を投げたくらいの影響はあるかもしれないが、その程度のことだろう。

それはむしろ小気味いいくらいである。

しかも、おそらく竜之助よりもつらい思いを秘めている人間は山ほどいる。表面には見えないだけだろう。

それでも世はこうしてのんびりと移ろっていく。

茅場町《かやばちょう》の先に架かった霊岸橋の上から、竜之助は振り向いて、しばらくいわし雲の下の江戸の町を眺めていた。

二

霊岸橋を渡ってしまうと、もうすこし先まで歩いてみたくなった。大川に架かる永代橋を眺めるところまで来ると、右に曲がって川べりを新川《しんかわ》のほうへと向かった。

一歩ずつ踏みしめるように歩く。

刀も差していないし、杖がわりに細い竹の棒を持っただけである。これでは目の前に押し込みが出現しても、いの一番に斬られるくらいしかできないかもしれない。

河岸の段のところに文治が腰をかけていた。

近所の連中に話を訊いていたらしい。二人ほど文治と並んで河岸に座っている。

そう切羽詰まったようすでもなさそうだったので、

「よう、どうしたい？」

と、竜之助は後ろから声をかけた。

「あ、福川さま。よろしいんですか？」

文治はあわてて立ち上がり、心配そうな顔をした。

「なあに、歩かねえと身体がなまっちまう。矢崎さんからも、人間は怪我をしようが病気になろうが、いっぱい歩いたほうが早く治るって言われたしな」

矢崎の忠告は冗談などではない。じっさい、風邪でひどい熱を出した矢崎が、夜通し町を歩いていたのも知っている。

次の日に、風邪はすっかり治っていた。

「矢崎さまはまた特別でしょう」

「まあな」

「福川さまも」

「おいらはそうでもない」

「いえいえ」

「ところで、事件か？」

竜之助は訊いた。

「事件らしいんですが、くわしいことはまだ……」

「教えてくれよ」

「もちろんです。飛脚《ひきゃく》——といっても、遠くまでは行かない江戸市中専門の運び屋なんですが、その申蔵《さるぞう》という男がいましてね。そいつはもらい煙草が癖だったんです」

と、文治は言った。

わきの二人も、そのことは知っているらしく、竜之助を見てうなずいた。

「もらい煙草？」

「ええ、いつもきせるだけ持ち歩いてましてね、煙草が吸いたくなると、吸っている人の近くに行って、すみませんが、一服いただけませんかい？　とやるんです」

「ふうん」

竜之助は煙草を吸わないので、言ったり言われたりしたことはない。

「ま、一服分の煙草なんざたかが知れてますから、たいがいの人は吸わせてくれます。ところが、あまりにもしょっちゅうこれをやると、周囲には嫌われます」

「ああ、あれか」

誰かが悪口を言っているのを聞いたことがある。

「喧嘩になったりもします」

「そうかもな」

「いますでしょ」

「奉行所にも誰かいた」

と、竜之助は思い出そうとする。

「書役の前野《まえの》さま」

文治はにやっと笑った。

「ああ、そうだ」

と、竜之助も笑った。

「やはりしょっちゅう煙草をねだっては、周囲の顰蹙《ひんしゅく》を買ってますよ」

「だが、奉行所内では喧嘩にはならんだろう」

「ところが、もらい煙草というのは、なにか人の狭量な部分を刺激するところがあるんですかね」

「ほう」

「自分でもこんなことを言うのは狭量だろうという思いがある。それをしょっちゅう無神経に刺激されるものだから、ついに爆発してしまう」

文治はなかなかうがったことを言った。

「前野さんと誰かもやったのかい」

「ええ、大滝さまが」

「へえ」

仏を自称する大滝治三郎である。もらい煙草で怒ったあとは、さぞかし自分が嫌になったのではないか。

申蔵も大きな袋に入った煙草を投げつけられて、

「これ、やるから、もう二度と、煙草くれっておれに言うな」

そう言われたことも再三あったらしい。

「それでその中蔵がどうしたんだい？」

と、竜之助は訊いた。

「いなくなったんです」

「ほう」

「しかも、いなくなった理由ももらい煙草だったみたいなんです」

「ふうん」

「いなくなるその夜、やっぱり、もらい煙草はもうやめようかなあとつぶやいていたんだそうです」

「もうやめよう……」

「恐ろしく深刻な顔だったというんですよ」

なんでもらい煙草が理由でいなくならなければならないのか。

「そりゃあ気になるなあ」

すでに竜之助の目が輝いている。

三

「ちっといいですか？」

と、文治が話を聞いていた二人の片割れが言った。

筋肉が盛り上がっているのは、船を漕《こ》いでいるからか、重い荷物を運ぶからか。

「ああ、いいよ」

と、竜之助はうなずいた。

「あっしは、中蔵がもらい煙草をするのは、ふれあいを求めたからではないかと思うんでさあ」

「ふれあい？」

筋肉とは結びつきにくい言葉である。

「ええ。中蔵ってえのは、ケチじゃなかったです。ときどき酒をおごってくれて、煙草代なんかよりはるかに上回っていたはずです」

「ほう」

「顔に似合わず、寂しがり屋だったんですよ」

筋骨隆々の男がそう言うと、いっしょにいた女のようにやさしげな男が、

「あっしもそう思うよ」

と、見かけによらず野太い声で言った。

「思い当たるようなことがあったのか?」

文治が訊いた。

「というのも、去年の暮れに、いっしょに江戸に出てきた野郎の兄貴が死んでしまったんですよ」

と、やさしげな男が言った。

「死んだ?」

「ええ。その兄貴ってえのは荷船の船頭をしていたんです。それが新川の火事で、火にまかれたらしいんでさあ。結局、これだという遺体ってえのは出なかったんだけど、あのときは、川に飛び込んだ連中もずいぶんいて、海に流されてしまったというやつもいたからね」

「ああ、あったな。あの火事に巻き込まれていたのかい」

文治は思い出したらしい。

竜之助もすでに見習い同心になっていたが、その火事の記憶はない。文治はさすがに江戸に根をおろしている。

「それで、中蔵はもともと寂しがりだったのが、あれからますますひどくなったんですよ」

「なるほどなあ」

と、文治は何度も首を縦に振った。

「申蔵は、誰彼かまわず煙草をねだったのかい？」

と、竜之助が二人に訊いた。

「そうだね。飛脚の仲間にはだいたいねだってました」

「それと、おれたちのたまり場があるが、そこで知り合ったのにも」

どうやら二人とも、申蔵と同業だったらしい。

「そういえば、客にもねだったことがあります」

やさしげなほうが言った。

「客にも！」

では、誰にもらい煙草をして、深刻なことになったかを探るのは難しいかもしれない。

「ところで、文治。申蔵ってのはほんとにいなくなったんだな？」

と、竜之助は文治を見て、訊いた。

「ええ。長屋はこのすぐ近くなんですが、もう八日ももどっていねえんです」

それは尋常ではない。

「近くか。おいらも見に行ってみよう」

「いいんですか」

心配そうな文治をよそに、竜之助は歩き出した。

話を聞いた二人とはここで別れた。

われながら、足元はおぼつかない。ときどきふらっとして、杖に頼ってしまう。そのつど、

「おっとっとお」

文治が手を差し出してくる。

「なあに、大丈夫だって」

足元の悪い年寄りになった気分である。

長屋はすぐ近くだった。大川端町《おおかわばたちょう》の裏店である。

四畳半だが、三畳分ほどの板の間もついている。正面は壁ではなく、小さな庭に面している。

竜之助はゆっくり部屋を見回した。

独り身の男のわびしさが色濃く染みついているように見えた。

何もない。見事なくらい何もない。ふとんはある。それだけである。

飯もここではほとんどつくらない。寝に帰っていただけ。

「ここで、前は兄貴もいっしょに暮らしていたんだろ？」

と、竜之助は訊いた。

「そうらしいです。二人とも寝に帰るだけの暮らしだったみたいですが」

ほんとにここに三日もいれば、人恋しさはつのるかもしれない。

「煙草盆もないみたいだな」

「そうですね」

「たしかに煙草が吸いたいというより、他人と触れ合いたかったみてえだ」

竜之助はここにうずくまっている中蔵の姿が見えた気がした。

なんとしても見つけてやりたいとも思った。

「旦那……」

「ん？」

文治は竜之助の顔をのぞきこんでいた。

「ちっとお顔の色が」

「ああ」

ひさしぶりに外を歩いて疲れたらしい。横になりたい気分である。

役宅にもどることにした。

四

もらい煙草の申蔵がいなくなったというので、仲間うちが騒ぎ出した。

面白いもので、いままでは嫌われ者の印象が強かったが、いざいなくなったら人好きのするお調子者という印象に変わったらしい。

町方でもうっちゃってはおけない感じになってきた。

大滝治三郎と矢崎三五郎も出張ってきた。

二人で申蔵の長屋を検分し、最後に目撃されたと思われる飛脚たちのたまり場でもいろいろ話を聞いた。

「いなくなったが、手がかりはもらい煙草うんぬんだけか」

と、大滝は腕組みして首をかしげた。

「そうなんです」

文治は申し訳なさそうに言った。

「それで何がわかるんだ？」

矢崎は怒ったように文治に言った。

「さあ、いまのところは何も……。でも、手がかりがそれだけなら、そのことをいろいろ考えてみるしかないのでは？」

文治がそう言うと、矢崎は、

「そんなことはわかってるさ」

と、面白くなさそうな顔をした。

大滝と矢崎は黙ったまま、どちらともなく煙草を吸いはじめた。

一服吸い、二服、三服……。

二人ともあまりうまそうではない。

「福川はどうしたんだ？　もう、歩くんだろ？」

と、矢崎が文治に訊いた。

「ええ、歩き始めました。昨日は申蔵の長屋ものぞいてくれたんですよ」

「ほう。なんか言ってたか、この件で？」

横を向いて訊いた。

「いえ、とくには」

「ふむ」

「やっぱりまだ本調子というわけにはいかず、ちっと歩くと顔色が悪くなったりしますのでね」

と、文治は言った。

「そうか。じゃあ、わしらが考えてやるしかないな」

矢崎はさも親身な口調で言った。

「矢崎もこのところ、福川まかせにしすぎていたから、ちょうどいいではないか」

大滝がわきから言った。

「えっ、大滝さんだって、ずいぶん頼ってきたじゃねえですか」

矢崎はむっとしている。

話が微妙な雲行きになってきたので、文治はあわてて咳払いをした。

「わかった」

と、いきなり矢崎が手を打った。

「おう、早いな」

大滝は驚いた。

「野郎がもらい煙草をした葉っぱの匂いが、人殺しの現場で嗅いだ匂いだった。それでつい、旦那はあそこの殺しの現場にいましたね、などと言ってしまった」

「それが当たったのか」

「もろ、大当たり。ところが、余計なことを言ってしまったわけだから、そこでばっさりやられたってわけだ」

「死体なんか出てませんぜ」

と、文治が言った。

「出たらこれで決まりなんだが」

矢崎は自信たっぷりに言った。

「おう、矢崎。こいつは飛脚だろ。急に遠方までの荷物を頼まれ、すぐに出発したんじゃねえのか。いまごろ浜松《はままつ》あたりを走ってんだよ」

と、大滝が言った。

「大滝さん、気休め言っちゃ駄目だよ。それはねえって。いくら飛脚でもいきなり遠方にはいかねえよ。こいつらは江戸専門で、道だってわからねえ。準備もいるし、頼むほうだって、相手を見て頼むよ」

「そりゃそうだ」

と、大滝も素直に引き下がったが、

「では矢崎、こういうのはどうだ？　中蔵が火を貸してくれと近づいたのは、じつは歌舞伎の人気役者だった」

「ほう」

「その言い回しが、なんとも言えずよかった。歌舞伎の名優はあんたのその言い回しを稽古させてくれと、自分の家に招いた」

「名優がもらい煙草の台詞《せりふ》を十日近くも覚えられずにいるって？」

「そりゃねえよな」

大滝は頭を掻《か》いた。

「おい、中蔵にだって、味の好みくらいはあっただろう？　なんでもよかったのか？」

と、矢崎が文治に訊いた。

「もらうときは、なんでもよかったみたいです」

「ううむ。では、味は関係ないか」

矢崎は落胆した。

「まさか、阿片《あへん》てことはねえだろうな？」

と、矢崎はぽつりと言った。

「おい、そんなもの通りすがりの者に吸わせるか？」

大滝が笑って否定した。

「だまって吸ったかもしれねえよ、大滝さん」

「ああ、そうか。しらばくれて手を伸ばし、吸ったら阿片だったので驚いた」

大滝はうなずいた。

「でも、阿片て煙草に似てるんですか？」

と、文治は首をかしげた。粉みたいになっていると聞いたことがある。

「煙草にひたしたり、まぜたりしたんじゃねえのか？」

「ああ、なるほど」

大滝は納得したらしい。

「いや、旦那方、違いますよ。野郎は別にこっそり煙草を吸いたいわけじゃねえ。声をかけてえんです。一服もらえませんかと。黙って人の煙草を吸うなんてことは、ありえねえですよ」

と、文治は言った。竜之助も納得した話である。

「ううむ」

矢崎は唸《うな》った。

「ふう」

大滝はため息をついた。

「待てよ」

矢崎が何か閃《ひらめ》いた。

「どうした？」

「福川の解いた事件で、釣り上げた仏像みたいなものがお宝かと思ったら、釣竿のほうがお宝だったというのがあったっけ」

「ああ、あったな」

大滝も思い出した。

「その伝《つて》じゃねえのか」

「というと？」

「きせるだよ。煙草をねだりつつ、じつは申蔵のやつはきせるを見ていた」

矢崎がそう言うと、

「おお」

と、大滝も感嘆の声を上げた。

「それは盲点だな、矢崎」

「でしょ」

「福川ばりの推理ではないか」

と、大滝は感心した。

「何言ってんですか、大滝さん。福川に調べのいろはを教えたのはおいらですぜ」

矢崎がそう言うと、文治はそっと首をひねった。

「どっちが学んだかはともかく、それは追求してみる価値がある。申蔵が煙草をねだると、相手はつい持っていたきせるから火をくれた。そのきせるには変わった図案がほどこされていて、申蔵もそれに気づいた」

と、大滝は言った。

「そうそう」

矢崎も満足げにうなずいた。

「他言されるとまずいことになる。いったんは引き返した申蔵を言葉巧みに連れ出して、どこかに拉致《らち》してしまった……くそぉ」

大滝は悔《くや》しそうに呻いた。

「というので、江戸にある曰くつきのきせるを追いかけている」

と、大滝は言った。

五

竜之助の役宅である。

この前、竜之助は近所をうろうろしたあと、どっと疲れが出て、寝ついたようになっていた。

今日あたりはだいぶ回復したが、まだふとんの上にいることにした。

「何か怪しげなものはありました？」

と、竜之助はふとんの上であぐらをかいたまま訊いた。

「あるな。山ほどある。好事家《こうずか》というのはおかしなものに凝るもんだな」

「そうでしょうねえ」

と、そこへ——。

与力の高田九右衛門が見舞いに来た。高田は同心たちにとことん嫌われている。大滝などはその筆頭で、目を合わそうとすらしない。

高田は怪我以来、しょっちゅう見舞いに来てくれる。

これについて、大滝は、

「あの人はほんとに福川を心配して来てるのか？」

と、訊いたことがある。

「そりゃあ、もちろんでしょう」

と、竜之助は言った。好意を疑いたくはない。

「そうかね。おれには例の閻魔帳《えんまちょう》を充実させたいだけのように思えるがな」

「こんな怪我のことを書いて、なにが充実するんですか？」

「つねづね、同心の怪我についても体系化したいと言ってるからな」

「はあ」

高田なりの考えはあるのだろう。

そこへやよいが口をはさんだ。

「でも、絵を描かせてくれと言われたときは驚きましたよね」

「絵だと？」

「怪我した手を克明に描いて遺しておきたいと」

「やっぱり変だ、あの人は」

と、大滝は怒ったものである。

その高田が、今日もまた例の閻魔帳を開いて、

「これは訊きにくいのだがな」

と、始まった。

「どうぞ」

「この前もちらっとは訊いたが、福川のその怪我のことだが、じっさい調べのことで怪我したんだろ？」

「いや、まったく関係ありません」

「まったくないということはあるまい」

「とおっしゃられても、まったくないのですから」

竜之助は苦笑して言った。

「いいか、福川、よく聞け。調べに関することで怪我までしたとなると、五点加算されるのだ。すると、そなたは吟味方《ぎんみかた》の池上《いけがみ》を抜いて一位になるのだぞ」

高田は同心たちの手柄を点数で判断し、この合計を競わせるということを試みている。もっとも、高田が一人、悦に入っているだけで、同心たちは皆、かかわらないようにしている。

吟味方の池上祥平《しょうへい》は、切れ者で知られる男である。絶対に口を割らないと心

配された男も、池上の調べにかかればあらいざらいしゃべってしまうという。

「一位？」

「さよう」

「いや、おいらは一位なんて柄《がら》じゃねえですから」

「馬鹿を申せ。これは末代まで残る名誉だぞ」

と、高田は力説した。

「高田さま、だいたい怪我のことからして仕事とは関係ないのですから、それで一位になどなったら、末代までの恥になりますよ」

「ううむ」

高田は唸った。いいところを突いたらしい。

「まあ、よい。まだ時間はある。ゆっくり考えておいてくれ」

そう言って、高田は帰って行った。

いなくなるとすぐ、

「あの人、馬鹿か。名誉ったって、勝手に順番つけただけだろうが」

と、大滝は憤慨した。

「なあに、名誉なんてどれもそんなもんですよ」

竜之助は屈託なく笑った。

六

矢崎三五郎と文治は中蔵が来ていたという河岸にやって来た。

日本橋と江戸橋《えどばし》のあいだにある飛脚たちのたまり場である。ここにいると、大店の手代が仕事を持ってきてくれたりする。

「どこどこの支店に品物を届けてくれ」

といった注文が多い。むやみに江戸の町を歩いて注文を取って回るより、はるかに効率がいい。

「おい、文治、これ」

矢崎が、たまり場のわきに立つ蔵の壁に貼られた紙を指差した。

「中蔵ですね」

人相書である。あまり似ていないが、ほくろと眉の格好は似ている。

ここの仲間たちが貼ったのだ。

世の中が物騒になってきたので、仲間同士で身を守る方法や、助け合う手段を考え始めているらしい。

「よう」

飛脚たちが四、五人集まっているところに顔を見せた。

「あっ、矢崎さま」

「どうも」

飛脚たちが矢崎に次々に挨拶する。

矢崎は有名なのだ。飛脚もかなわぬ韋駄天《いだてん》ぶりで。

「しかも、矢崎の旦那は二本差しのまま走る。あれは絶対、おれたちにはできない」

との評判もある。

「中蔵がいなくなったときの状況を、くわしく知りてえんだよ」

「だいぶ暗くなってからでしたのでね」

「いつもはへらへらと中心でしゃべっていたのに、あの日ばかりは河岸のほうでぼんやりしてたんです」

「もらい煙草もしねえでどうしたんだろうって」

次々に証言する。

「それで、ここから大川端町の家にもどるのを見た者は?」

「いや」

「あっしは見てねえです」

「あっしも」

こっちの問いには皆、首を横に振った。

申蔵はやはり、長屋にもどったようすはない。ここからいなくなっているのだ。

「ところで、おめえら、ここらでちっと変わったきせるを見たってやつはいねえか？」

と、矢崎は訊いた。

「変わったきせる？」

飛脚たちは顔を見合わせた。なんでそんなことを訊かれたのかわからない。

「申蔵はもらい煙草をしたとき、相手がおかしなきせるを使っているのを見た。申蔵はそれがわけありのものとは知らず、あれ、そのきせるは？　と、訊いた。それで相手の野郎は、見ちゃいけねえものを見なすったな、と……奉行所では、そんな筋道を推理しているのさ」

「なるほど」

と、飛脚たちは手を叩いた。

「いますぐとは言わねえ。どこかで見たとか、誰かに話を聞いたというのがあったら、あとで教えてくれ」

「わかりました」

飛脚たちは喜んで引き受けた。

七

翌日――。

福川竜之助も文治とともに、飛脚のたまり場に来てみた。事情はざっと文治から聞いている。やはり、申蔵が消えた場所というのは見てみたい。

八丁堀からここまでは近い。

こういった場所があるのはもちろん知っている。

江戸のところどころに、同じ仕事をする仲間が集まる場所がある。駕籠屋が集まる場所、魚の行商をする連中が集まる場所など。

そういうところに行けば、その世界のことがくわしくわかるので、竜之助もたまに顔を出したりしていた。

だが、飛脚の集まるここは初めてだった。

「へえ、こんなところにな」

と、竜之助は感心した。

蔵と蔵のあいだを抜けないと、ここには来られない。いかにも仲間うちだけの場所という感じである。

右手は木更津河岸《きさらづがし》と呼ばれる。

河岸に船が次々と来る。向こう岸は日本橋の魚河岸だから、あっちほどではないが、それでも多い。荷物を上げたあと、一服する船頭も多い。

申蔵はここでもらい煙草をしたのではないか。

——そうか。船頭かも知れねえな。

と、竜之助は思った。

船頭の知り合いと鉢合わせしたのではないか。話をしたが、船頭は荷物を届けて終わりとはいかない。蔵に入れるところまで手伝わなければならなかったりする。

「あとで、また」

となったに違いない。

　それから申蔵はいったん仲間のいるところにもどったが、

「もらい煙草はもうやめようか」

と、深刻そうにつぶやいたという。

　無理に拉致されたということはないだろう。

　申蔵の知り合いは多い。騒ぎがあれば、必ず誰かが気がつく。

　ということは、申蔵は自分からいなくなったのではないか？

「矢崎さんたちは、もらい煙草そのものの意味をずいぶん考えたみたいだが、おいらはやっぱり相手が大事だと思うな」

「相手？」

「知っているやつと会ったのさ。それが会いたいやつだったか、会いたくねえやつだったか……」

「会いたいやつだったら、もらい煙草はもうしねえなんて言わねえでしょう。煙草をねだったおかげで、会えたんですから」

「そうだよな」

「だから、絶対に会いたくねえやつだったんですよ」

「でも、会いたかったやつが忠告したとも考えられるぜ。もらい煙草なんかしてると、ひどい目に遭うぜって」

「ああ、なるほど。いや、ちょっと待ってください。すると、声をかけた相手も、もらい煙草をよくやるってことですか？」

「たぶんな」

「はあ……」

「たしか、申蔵の兄は船頭だったよな」

竜之助が文治に訊いた。

「あっ、そうでしたね」

「矢崎さんたちにはまだ言わないでもらいてえんだが、申蔵は兄と出会っていたんじゃないかな」

「兄は死んだんじゃないんですか？」

「誰も死体なんて見てないんだろ」

「そうみたいですが」

生きていれば、姿を隠しつづけているのは変である。

「文治、新川の火事ってえのを当たってみてくれねえか」

「あ、そこに目をつけましたか」

八

文治は子分もつれず、新川にやって来た。

新川は霊岸島につくられた運河である。両岸には酒問屋が並ぶことでも知られる。

兄弟の住まいは大川口に近い北新堀《きたしんぼり》大川端町である。

火事はそのあたりで起きた。

新川が大川に出るところに三ノ橋《さんのはし》が架かっている。両側の大川沿いが河岸で、稲荷河岸《いなりがし》と呼ばれた。

その稲荷河岸の前に掘っ立て小屋のような空き家があった。前は煮売り屋をしていたのが、つぶれたらしい。

ここが火元だった。

このあたりは、景色のいいところである。

左手に永代橋がなだらかな曲線をのばし、右手には一面の水景が広がる。秋の乾いた空が水面に映り、水の上もまたどこかさらさらした感触に見える。向こう岸の水際は、葦《あし》の群れが緑をうしない、老いてからの失恋のようなわびしい色合いに変わりつつあった。

文治はしばらく景色を眺め、煙草を一服ふかしてから、番屋に顔を出した。

「これは、親分さん」

もう七十近くに見える、髪が真っ白になった番太郎が頭を下げた。

「ちっと、新川の火事について訊きてえのさ」

「ああ、どうぞ」

「ずいぶん焼けたんだっけ？」

と、文治は訊いた。

もう新しい家並みができている。ただ、古材を使った安易な建物も多く、どこからどこまでが焼けたかを判断するのは難しい。

「川っぷちでしたので、そう大きく広がったわけではなかったです。長屋が十棟、店が三、四軒ほど丸焼けになりましたか。火元のわきに河岸の人足《にんそく》たちが泊まりこんでいた長屋があって、そこが火にまかれ、十人以上が死にました」

「中蔵ってのが、近くの長屋にいるだろ？」

「ええ。野郎も最近、いなくなったらしいですね」

番太郎は当然のことながら知っていた。

「そうなんだ。その申蔵の兄も火事で死んだんだって？」

「たぶんね。巳之助《みのすけ》っていいましたが、よくそこらで酔っ払っていたので、うろうろしているうちに煙でも吸ったうえに焼かれちまったんじゃねえかと」

あやふやな話である。

「遺体は確認してねえんだな？」

「なんせ人足にも身元がはっきりしねえのが大勢いて、それと混ざったりしたら、なにがなにやら……」

「なるほどな」

こんな仕事をしていると、焼死体はもう数え切れないほど見てきた。たしかに、あれから生前の姿を想像するのは難しい。

「焼けたのは河岸沿いだけで、そっちの酒問屋のほうは大丈夫だったんだな？」

と、文治は訊いた。

酒蔵と問屋がずらっと並んでいる。

間口十間などというのはめずらしくもない。

「いえ、そうでもありません。新川の入り口に近いところの富士屋《ふじや》さんの蔵は、煙と熱でひどい目に遭ったそうです。上方《かみがた》から入ったばかりの酒が、煙と熱で味が変わり、二束三文の安酒になっちまったとか」

「ほう」

勿体《もったい》ない話である。

文治の実家の寿司屋でもだいぶ酒を仕入れるので、ここらにはなじみの店もある。だが、この火事の被害があった店とはつき合いはなかった。

「しかも、多七《たしち》親分が、火元の小屋にいたらしいという連中のことを調べ出したそうですぜ。いまごろになってなんだろうと、ここらじゃ評判になってます」

「多七親分が？」

懐かしい名前が出た。

九

文治がいままでの話を報告するため、竜之助のところに行くと、ちょうど大滝と矢崎が帰って行くところだった。

「いま、大滝さまと矢崎さまが」

「うん。ずいぶん下手人に近づいたと、嬉しそうだったよ」

「ほんとですか？」

「あの近くの大店に、骨董《こっとう》が趣味のあるじがいるんだそうだ」

「骨董が？」

「それで石川五右衛門《いしかわごえもん》が愛用したというきせるを、最近、手に入れたんだってさ」

「贋物に決まってるじゃねえですか」

と、文治は笑った。

「それがそうとも言えねえらしい」

「え？」

「ずっしりと重い黄金製でさ、細工もかなり凝っている。いまどきは見ない南蛮《なんばん》趣味で、古いことも間違いない」

「へえ」

「おまけに、吸い口のところに五の文字が刻んである」

「ほんとですか」

「泥棒が持っていたものなどというと、人目をはばかる。そんなものを純金を使ってまでわざわざつくるかというのさ」

「なるほど」

「そう言われると、本物みてえだろ」

竜之助は面白そうに言った。

「ええ」

「そのあるじは、ときどき我慢できずに夜、持ち歩いたりしてるらしい。それをつい、中蔵に見られちまったんじゃないかというのさ。いわば秘宝と言うべきものだから、見られちゃ困るわな」

「でも、見られたからといって、殺されることはないでしょう？」

「そこだよ」

「そこ？」

「そのあるじってのは、自分に都合の悪いやつには酒を浴びるように飲ませて、なにが起きたかわからないようにさせるのが得意だというのさ」

「じゃあ、中蔵も？」

「いまごろは酒びたりで、わけがわからなくなっているだろうとさ」

二人の調べはずいぶん頓珍漢《とんちんかん》な道筋に入ったらしい。

「そっちはどうだった？」

と、竜之助は文治に訊いた。

「ええ、じつは……」

文治は大先輩の名を出した。

十

「あっしが多七です」

霊岸島の多七といえば、文治より十くらい上の岡っ引きにとっては、影も踏めないほどの伝説の親分である。

だが、文治が何度か会ったころは、すでに好々爺《こうこうや》の面影があらわれていた。白い眉が垂れ下がりはじめ、いまは目の上で雪が積もった朝の庇《ひさし》のようになっている。

竜之助は初対面である。

「申し訳ありません。こんな爺《じじい》がでしゃばっちまって」

「なあに、むしろありがたいくらいさ」

と、竜之助は言った。人の世の裏表を知りつくした老岡っ引きが、こうして世にいるということも、江戸が安心して暮らせる町になるのにつながっていくはずである。

還暦を迎えて、引退していたが、旧知の富士屋の旦那から相談されたという。

「あの火事はやっぱり変だというんです」

と、多七は言った。

「変？」

「思いがけなく下り酒が手に入って、高く売り出そうとした矢先だったそうです」

「それで得したやつもいるんだな」

損をする者が出ると、得をする者が出る。逆もありうる。

損のほうを先につくろうとすると、悪事になりやすい。

「ええ。それから十日遅れで、長崎屋《ながさきや》という問屋に下り酒が入りました。富士屋の分がお預けを食っただけに飛ぶように売れて、長崎屋は大儲けしたそうです」

「なるほど」

「富士屋の旦那は、同業者を疑いたくはないが、あそこの商売は嫌な感じがすると」

「それで、多七さんは火事を調べなおしたんだろ？」

「ええ」

「やっぱり変かい？」

「火元になった家を調べました。中蔵の兄貴の巳之助がそこにいたという証言が出ました」

「なんだって」

竜之助は驚き、後ろにいた文治の顔を見た。文治も硬い表情でうなずき返した。

「深川に住む知り合いが通りかかり、話をしていたんです。巳之助が言うには──さっき、ここを通ると煙草を吸っていた男がいた。一服ねだると、いくらでも吸ってくれと。ついでにちっと用があるので火を見ててくれと言われた。海からもどってくる連中のため、火を準備してるので、がんがんくべておいてくれと言われたんだそうです」

「ほう」

「そのあとですよ、火が出たのは。あっしは、巳之助の前に火の番をしてた男ってえ野郎のほうが怪しいと思い、追いかけてるんですがね」

と、多七は言った。

十手もないのに、悪事の足取りを追うのは危ないが、多七はひさしぶりの捕り物で嬉しい。

「それでずいぶんわかったぜ」

と、竜之助は言った。

「なにがです？」

文治はまだぴんとこない。

「巳之助がもらい煙草をした。それで逆に頼まれごとをしてしまった。あげくに、火事の原因をつくってしまった」

「ああ、そうですね」

「もらい煙草はやめようと言っていたのは、もらい煙草が火事の原因になったということを、中蔵は聞いたからじゃねえかな」

「じゃあ、巳之助を探し出し、火付けでふん縛らなくちゃなりませんね」

文治は憂鬱《ゆううつ》な顔で言った。

「文治、それは違うのさ」

と、多七が言った。

「どういうことで？」

「巳之助はおそらく、自分が火事の原因をつくったと思いこんでいる。でも、ほんとは違う。その火は途中から凄い勢いで燃え上がるよう、仕組まれてあったんだよ」

多七はそう言って、竜之助を見た。

「うん。おいらもそう思うよ」

竜之助は笑顔でうなずいた。

「そんなこと、できますか？」

文治は首をかしげた。

「できるさ。火薬を仕込んだ薪でも入れておくのもいいし、油だっていい。やるほうは危ねえが、ちょうど巳之助が出てきたので、こりゃあ都合がいいと、内心喜んだだろうな」

「では、申蔵はなぜ逃げたんです？　兄貴のことはそのまま内緒にして、なに食わぬ顔で働いていたほうがいいじゃねえですか」

と、文治は言った。

「それは多七親分が探しまわっていることを兄貴から聞いたんだよ。もらい煙草をした男のことを探してるって。もらい煙草といったら弟のほうが有名。とばっちりでしょっぴかれるかもしれねえ」

「それで中蔵も逃げた……」

「ああ。おそらく、いまごろ中蔵は兄貴のところに隠れてるのさ」

竜之助は同情をまじえたような声で言った。

十一

「巳之助と中蔵の隠れ場所を探すより、そのもう一つの酒問屋を見張ったほうが早そうだぜ」

と、竜之助は言った。

というわけで、竜之助と文治、それに元岡っ引きの多七の三人で、長崎屋に向かった。

竜之助の足取りはまだ十全ではない。着流しに厚手の羽織を着ている。黒羽織ではないので、同心には見えない。ただ、十手だけは背中に隠し持った。

十手は持っても、悪党相手の立ち回りは、自分でも自信がない。激しい動きはできないし、逃げられても追いかけることはできない。

元岡っ引きの多七も、すでに七十過ぎ。いざとなると、文治一人に頼ることになる。

――ここはなんとか穏便に……。

そう思ってしまう自分が、情けないというより、笑ってしまう。

店の斜め前に、甘味屋があり、通りに縁台も出している。ここに陣取ることにした。

長崎屋といえば、異人相手の宿屋が有名だが、それとは違う。こっちの長崎屋も繁盛している。

富士屋とはちょうど同じくらいの間口で、この数年は抜きつ抜かれつの競争をしてきた。

先代が亡くなってから、商売が急に荒っぽくなったと言われている。

「あいつです。あっしが目をつけたのは」

と、多七は顔を隠すようにしながら、さりげなく、店の前にやって来た若い男を指差した。

痩《や》せて、きびきびしている。歳は二十二、三といったところか。目のあたりに険がある。

通りを歩いてくると、長崎屋ののれんをわけた。だが、中には入らず、出てきた店の手代と何か話をしている。

声は聞こえないが、

「じゃあ、また、来るよ」

「いいから、寄ってきなよ」

と、そんな会話をかわしたらしい。若い男は店の奥に消えた。

もちろん、手代とか番頭ではない。下働きの男でもなさそうである。

「何者なんだい？」

竜之助は多七に訊いた。

「どうも、あそこの若旦那の幼なじみらしいんでさあ」

「なるほどな」

子どものころから出入りしてきた感じがする。

「多七さんはなんで目をつけたんだい？」

竜之助はさらに訊いた。

「逆です。あっしが目をつけられたんです」

「ん？」

「火元の近くでいろいろ訊きまわっているうち、ふと気がつくと、野郎がこっちを見張っていたんでさあ」

「そうだったかい」

なるつもりもなく、おとりになってしまったというわけである。

だが、いつ向こうが動いてもおかしくはない。ぎりぎりで危ないところだったのではないか。

「まだ、直接、声はかけてねえんですが」

「それでよかったんだよ」

竜之助と文治で、十手をちらつかせて話を訊くか。

だが、火付けに関わったという証言も証拠もない。

そこへ——。

なんと、大滝治三郎と矢崎三五郎が小者を三人ほどひきつれてやって来たのである。

「あれ？　福川、おめえ、なんでここにいる？」

矢崎は素《す》っ頓狂《とんきょう》な声を上げた。

「お二人こそ、なんでまた、ここへ？」

「ほれ、石川五右衛門のきせるの話をしただろ」

「ええ、まさか」

と、竜之助はあきれた。

「そのきせるの持ち主がここの長崎屋のあるじさ」

「そうでしたか」

「たぶん中蔵はここのあるじのきせるを見た。大店のあるじが、大泥棒が使うような派手なきせるを持っている。いいものを見ちゃったかななあなどと、それで強《ゆ》請《す》ろうとして、いま、どうにかなってるのさ」

矢崎は自信たっぷりに言った。

違うと思う。

そんなものを見られたからといってびくつくような男が、これだけの商売を維持することはできない。

だが、まったく違う道をたどって、同じ場所に着いたわけである。

「大滝さんと矢崎さんがいてくれたら、また、ちっと違うかもしれねえな……」

二人に事情を話し、このまま さっきの若い男を叩いてみることにした。

若い男は、四半刻（三十分）ほどして店の中から出てきた。こづかいでももらったのか、機嫌のいいようすである。

深川のほうへと向かうらしい。

永代橋を中ほどまで渡ったところで、最初に大滝治三郎が声をかけた。

「ちっと待ってくれ」

と、十手を見せた。

「えっ」

男の顔がさっと青ざめた。

「くだらぬ抵抗はするなよ」

矢崎も反対側にまわって、十手をかざした。

こうなれば、竜之助も見せるべきだろう。欄干によりかかるようにして、背中に差した十手を見せた。

同心が三人、勢ぞろいである。

しかも、文治は腕まくりして、十手を斜めに構えているし、その後ろには男も見覚えがある往年の親分もいる。

まるで橋の上が鉄格子の牢になったようである。

よほどの悪党でもなければ、こんな目に遭わない。

「ひっ」

立っているのもやっとで、欄干にしがみついた。

「名前は？」

矢崎がドスを利かせた声で訊いた。

「こ、鯉太郎《こいたろう》といいます」

「てめえがしたことはわかってんだろうな」

有無を言わさない。

「へ、へい……」

鯉太郎はすべて白状した。

やはり、火事のとき、あの小屋にいた。

ちょうど巳之助というマヌケな身代わりが来たので交代し、自分は遠くからうまく火が上がるかどうか、見張っていたのだった。

この鯉太郎はもちろん、それを直接命じたあるじと若旦那と番頭も、もちろんお縄になったのだった。

十二

翌日——。
「巳之助と申蔵はいつまで隠れているつもりでしょう？」

と、文治は言った。

「下手人が捕まって安心とわかるまでは出てこねえだろう。だが、そんな報せはなかなか耳に入らねえだろうから、当分、出てきやしねえな」

「訊きてえこともあるんですが」

「だったら、こっちから見つければいい」

と、竜之助は軽い調子で言った。

「どうやって？」

それができないから苦労しているのだ。

「あいつらだって、飯は食わなきゃならねえ。当然、働いてるだろ？」

「そうですよね」

「だったら、船頭の兄貴の手伝いをして、二人で船に乗ってるのさ」

「ええ」

そこらあたりまでなら、文治にも想像はつく。

だが、江戸中にどれほど船があり、船頭がいることか。

「下っ引きを大川端町の長屋のあたりに隠れさせて、前の大川を横切る船を見張らせるのさ。そんな船の中に、わざわざこっちの岸に寄ってきて、長屋のあたりをうかがうようにする船頭がいるはずさ」

「あっ」

竜之助の狙いに気がついた。

「な、そいつらが兄弟ってわけさ」

竜之助の思惑は当たり、その日の夕方には、二人の船を見つけた。

隠れていた申蔵と巳之助は出てくることになった。

「兄弟でもらい煙草なんざしてるから、面倒ごとに巻き込まれちまいました」

と、弟の申蔵が情けなさそうに言った。

兄のほうは無口らしく、しきりに手ぬぐいで顔を拭いている。

「でも、いざいなくなったら、あいつらはケチでやってたわけじゃねえんだから、ケチなこと言わずに吸わせてやればよかったって仲間の連中が言ってるぜ」

と、竜之助はなぐさめた。

「そうですか。でも、もうやめますよ」

申蔵はきっぱりと言った。

「癖になってるからやめられねえだろ」

「ええ。だから、兄弟で駕籠屋をやって、互いにもらい煙草をしようかって」

これには、皆、あきれて大笑いになった。

十三

柳生全九郎は、お寅の長屋に出入りしているとき、そう名乗っていた。

「津久田亮四郎《つくだりようしろう》……」

竜之助はいま、鉄砲洲《てつぽうず》の渡しに立っている。

「津久田……佃島《つくだじま》……」

対岸が佃島で、たえず舟が往復している。

「亮四郎……漁師……」

あのとき、全九郎は大川を流されていった。

下流にこの島がある。

全九郎はここに流され、佃の漁師に助けられたのではないか。

竜之助は佃島へ渡ってみることにした。

全九郎から子どものころの話を聞いてみたい。なぜ、あのような奇妙な剣を身につけたのか？　柳生の剣とは違う気がする。

風鳴の剣はどこで学んだのか？　柳生の里であるなら、そこが徳川の剣に反旗をひるがえそうとしているのか？　このご時勢だから、そういうことがあっても不思議ではない。

そして、柳生全九郎とはそもそも何者なのか？

おそらく全九郎自身、知らないことだらけなのだろう。だが、一つずつ検討していけば、かならず見えてくるものはあるはずである。

――すでにわたしへの敵意は消えている……。

そんな気がする。

向かい合って話をすれば、意外に打ち解けてくれるのではないか。

全九郎が、わたしをおびき出すため、柳生清四郎の弟子の三人の少年を斬った。そのことだけは、許したくない気持ちもある。

だが、全九郎にすれば、宿命づけられた戦いのためには、そうするしかなかったのかもしれない。

――まずは話をしよう……。

竜之助は、逸《はや》る気持ちで渡し船に乗った。

すぐに島が目の前に広がる。

左手は人足寄場がある石川島《いしかわじま》である。こちらのほうがずいぶん大きい。

佃島はその右手にある。

小さな島で、漁師たちが住んでいる。家康公《いえやすこう》が江戸を開いたとき、難波《なにわ》の佃から漁師をつれてきて、白魚漁の許可を与えたのが始まりらしい。

大きな桟橋《さんばし》もなく、ほとんど直接、接岸した。

あちこちに網が干してあり、女たちがその前に座って、手入れをしている。しょうゆと砂糖の混じったいい匂いが流れてくる。ここでつくられる佃煮と呼ばれるやつの匂いだろう。竜之助も大好きである。

武士はまったくいないだろうと思っていたが、そうでもない。

役人がほとんどだろうが、釣り竿を抱えた者や、顔を赤くした者もいる。そういえば、うまい魚を食わせる飲み屋があると聞いたことがあった。

島はほぼ二つにわかれ、途中に橋がある。あいだの川は舟溜まりになっているらしいが、いまはほとんどの舟が出払っている。

島のいちばん奥まで来た。

左手に小さな砂浜が見えている。

やたらに訊いても答えてはくれないだろう。

開いた魚を干している娘がいた。

「ちと、教えてもらいてえんだ」

「なんですか？」

「この島で半年ほど前から、若い武士が暮らしているはずなんだ」

「あ」

「どこにいるか知らねえかい？」

「いいえ、知りませんよ」

娘はとぼけた。

だが、ちらりと娘の視線が左手の隅のほうに動いたのを、竜之助は見逃さなかった。

娘が心配そうな顔をするのを笑顔でなだめ、ゆっくりと隅にある家に向かった。家というよりは小屋と呼んだほうがよさそうだった。

全九郎がそこにいるのは明らかだった。見覚えのある小袖が干してあった。

「ごめん」

中にいたのは、もう七十は超えたと思われる老夫婦だった。日焼けと皺《しわ》におおわれた顔だが、背筋はしゃんとして、元気そうである。

「こちらに柳生全九郎どのは？」

「そ、そんな人はいねえよ」

怯えた声で爺さんのほうが言った。

まさか津久田亮四郎とは名乗っていないだろう。

「十四、五の、少年と言ってもいいくらいの武士だ」

「知りませんよ」

冷たく言った。

取り上げられるのを警戒しているのだ。

この老人たちにかわいがられているのはわかった。婆さんが仕立てているのはおそらく全九郎の袷《あわせ》だった。粗末な布だが、しかしそれを着たらさぞかし暖かいだろうと思われた。

——ずっとここで暮らせば、全九郎も幸せになるのではないか。

竜之助は、年寄りたちの警戒を解くように、笑顔を見せ、

「あいつに何かしようってんじゃねえんだ。伝えてくれたら、わかる。おいらは福川竜之助というんだが、訊きたいことがあるんだよ」

「………」

返事はない。

「それだけなんだ。何かしようってわけじゃねえ。ここにいることは誰にも言わねえ」

「……」

年寄りたちは、すこしだけ安心したような顔をした。

「たまにしか帰ってきませんよ」

と、爺さんは寂しそうに言った。

「そうなのか」

「いまも出かけてます」

嘘ではない。気配はまるでない。

「では、帰ってきたら、これを……渡してやってくれ」

懐に入れてきた弥勒の手の木像を、板の間の上にそっと置いた。

十四

柳生全九郎は、佃島を横に見ながら、築地《つきじ》側の海辺の道を歩いていた。

陽が落ちかけている。赤く染まった波は穏やかで、河岸をちゃぷちゃぷとつぶやくように叩いている。

佃島が見えなくなったころ、

――ん？

なんとなく見覚えのあるところに来た。

掘割の感じ、橋のつくり、そしてここらから見る海。悪い思い出がよみがえる気配がある。恐怖の思いで見た海。

どこだろう？

空の天秤棒《てんびんぼう》をかついだ男が来た。売り物はすべて売り切れたらしい。心地よい疲れのような気配がうかがわれる。

「ここは？」

全九郎は屋敷を指差して訊いた。

「築地の木挽町《こびきちょう》のはずれだよ」

町名を訊いたのではない。

「この屋敷は？」

もう一度、訊いた。

「尾張さまの蔵屋敷さ」

「尾張さまというのは、葵の紋か？」

「そりゃそうさ。徳川さまだもの」

男は偉そうに言った。

全九郎はすこし背筋が寒くなった。

夜になるのを待った。

全九郎は尾張の蔵屋敷に潜入した。塀の周囲に堀がつくってあり、潜入は難しそうだったが、枝を伸ばした桜の木があり、これに縄をかけて向こうに渡った。

蔵屋敷というだけあって、蔵が建ち並ぶ。

だが、海に面したほうには何もない。ひたすら白い砂の地面が広がっている。

それが月明かりに、まるで砂浜のように光っていた。

——ここだ。

子どものとき、剣の稽古をさせられた場所。

ここから海に出入りした場所。

後ろを向いた。

蔵の並ぶ中に、屋敷もある。

その屋敷の板戸を外し、そっと中に入った。かんたんにできた。以前もこういうことをしたのかもしれない。

人気《ひとけ》はない。門のほうの長屋には何人かいるようだが、こちらにはいない。ときおり見回りにくるくらいで、ふだん寝泊まりする者はいないのではないか。

まったく明かりがないので、いくらなんでも動けない。

門の近くに行き、篝火《かがりび》から小さな火を盗んできた。

これをろうそくのようにして、もう一度、潜入した。

廊下の先に大広間があった。畳はない。道場のようにも使える。

背中がざわざわした。身体が覚えている。

遠い昔から声が聞こえてくるような気がする。竹刀《しない》ではない、木刀の唸り。怒鳴り声よりもっと冷たい嘲《あざけ》りの声。

「それでは江戸に勝てぬな」

そう言った男は誰だったのか。

この正面に何かあったはずである。

小さな火を突き出しながら進んだ。

——あった……。

大きな壁画だった。

鬼が二匹。空を飛んでいる。

いや、鬼ではない。神だろう。鬼のようにも見える荒ぶる神。

右手の神は大きな袋を持っていた。

そこから風が吹き出していた。

左手の神は丸くつながった太鼓を持っていた。太鼓は雷を叩きだすらしく、足元の雲から稲光《いなびかり》が走っていた。

風神雷神……。

うまい絵とは言えないのではないか。

だが、不思議な迫力がある。愚かな怒りの気配がある。

柳生全九郎は不思議に懐かしい気持ちで、それを見つづけた。

第四章　おっこち絞り

一

「今日は文治は来ねえかな」

と、竜之助はやよいに言った。来るのを期待した口ぶりである。

「親分は来ませんよ」

台所で大根の皮をむきながら、やよいは答えた。

「どうしてだい？」

「さっき鉄砲洲のところを通ったら、なんかあったみたいで、親分はいろいろ調べているみたいでした」

「なんかあったのか？」

「あれはたぶん人殺しですね」

「どうしてわかる?」

「坊さんも駆けつけるところでした」

と、やよいは言った。

「おい、早く教えてくれよ。鉄砲洲のどのあたりだ?」

「あれは船松町《ふなまつちょう》というんですかね。渡し場より一町ほど向こうに行ったあたりですよ」

ここからも近い。竜之助も行ってみることにした。

足はだいぶしっかりしてきた気がする。左腕を揺らさないようにすれば、軽く走ることもできる。

「ここか……」

なるほど船松町の一丁目に騒ぎがあり、路地の前に野次馬が出ていた。

痛む手をかばいながら、どうにかその連中を押し分けて中に入った。

顔見知りの検死の役人や、小者たちの中に文治がいた。

「おう、文治」

「福川さま」

文治はあらかた話を聞き終えて、なにやら首でもひねっていた気配である。

「殺しか？」

「ええ」

と、奥に置いた早桶《はやおけ》を指差した。検死や検分も終え、仏を中におさめたばかりらしい。

竜之助は中をのぞいた。

ばっさり斬られている。

「下手人は武士でしょうか」

「おそらくな」

ただ、近ごろは町人や百姓にも剣術を習う者が増え、下手《へた》をすると武士より強いというのがぞろぞろ出てきた。

だが、実戦でここまでやれるのは、やはり武士である可能性は高い。

「染めの職人で庄吉《しようきち》と言います」

「染めの職人がな」

と、竜之助は首をかしげた。

職人が仕事場で武士に斬られるというのが、そもそも異常である。家の中であるから辻斬りでもない。よほど怒りに狂ったのか。

　仕事場の隅で泣いている男がいた。

「あれは?」

「倅《せがれ》です。名は布次《ぬのじ》といいます」

「いっしょにいたのか?」

「いえ。おやじは一人暮らしをしていて、野郎が朝方やって来て、冷たくなった遺体を見つけたのです」

　ひどく憔悴している。

「頼りにならねえなあ」

　と、布次はふてくされた声で言った。

　ちらりと肩のあたりに彫り物が見えた。

　色は入っていない。痛みに耐えられなかったのか、金がつづかなかったのか、あるいは途中で気が変わったのかもしれない。

　いずれにせよ、親が望むわけがないことをした。

「仕事をしている最中にやられたのかね」

　と、竜之助は台の上の布を指差した。

「そうみたいです」

「夜だろ？」

「え？」

「殺されたのは夜だったんだろ？　染めとかいうのは色とかが微妙なんじゃねえのかい？」

　そんな夜に仕事をしていること自体がおかしいと、竜之助は思ったのである。

　竜之助の言葉に、倅の布次が顔を上げ、じいっとこっちを見た。発見に怯えたというより、なるほどそうだと思ったふうである。

「ああ、なるほど。でも、庄吉は仕事熱心で、夜遅くまでやっているのはしょっちゅうだったそうです」

「ふうん」

　竜之助はざっと仕事場を見回した。

「よう、文治。おいらは染め物のことなんかまったくわからねえ。でも、この仕事場はなんとなく立派なものに見えるんだよ」

「さすがですね。庄吉はこの道じゃ有名な、腕のいい職人なんです」

「ほう」

「そこらの店が印半纏《しるしばんてん》かなんかを頼んでも、とても引き受けちゃもらえませんよ」

「驕《おご》ってるってか？」

「そういうんじゃねえんです。伏見屋《ふしみや》という大きな呉服屋が庄吉の仕事を押さえてしまったみたいです。庄吉には思うとおりに仕事をさせる。気に入ったものをつくれば、あとは店が高値で引き取ってくれるというわけで」

そんな話をするうち、

「庄吉さん」

伏見屋のあるじと番頭が駆けつけてきた。まだ四十前後の、いかにもやり手といった感じの二人である。

「なんてこった」

あるじは頭を抱えた。

「これで年に千両の儲けがふいになっちまいましたよ」

番頭が思わず口走った。金額を耳にして、倅がちらりとこっちを見た。

莫大な利益をもたらしていたのは間違いない。

「庄吉はなにか面倒ごとを抱えてはいなかったかい？」

と、竜之助は、伏見屋のあるじに訊いた。

「仕事ではとくに……ただ……」

と、ちらりと倅を見た。

「倅の布次のことは心配してましたが」

と、小声で言った。

「だろうな」

仕事が認められ、適度に金も入るようになった職人にとって、唯一の心配は子どものことなのかもしれない。

「ほかにわかったことはあるかい？」

竜之助は文治に訊いた。

「近所の婆さんの話なんですが、一昨日の夜、この前に小舟が舫《もや》ってあったそうです」

と、文治は家のわきを指差した。

川が流れている。町人地の真ん中を横切っている。

「かなり長いあいだあったそうです。もしも、それが昨夜のことなら、下手人の舟と考えられるんですが」

「へえ」

家は荒らされたようすもない。

ということは、庄吉と下手人は、ここでしばらく話でもしていたのか？

二

「おう、福川、まだ休んでろって」

矢崎がやって来て、竜之助を見るとそう言った。

「ありがとうございます」

「なんか、おいらは動けねえ福川に捕り物を手伝ってもらってるなんて噂があるらしいんだよ」

「そんなことはないですよね」

「どうせ噂の火元は高田さんさ」

「ああ」

「おめえも高田さんにはやけに可愛がられてるからな」

嫌みたらしい。

だが、与力の高田九右衛門が竜之助をひいきにしているつもりなのは事実だろう。それがありがたいかどうかは別にしても……。

矢崎は文治に、殺された庄吉のことを訊いた。

「一流の職人だって？」

「ええ」

「その手の男は始末が悪いんだ」

「そうなんですか」

「変に頑固で融通が利かねえ。気の短い侍なんぞと話をさせたら、四半刻（三十分）もしねえうちに喧嘩が始まる」

「たしかに。でも、殴りつけるくらいのことはしても、ここまでやりますかね」

「よほど怒らせたのかな」

「頑固だが、啖呵《たんか》を切ったりするような男じゃなかったみたいですぜ」

「ふうむ」

矢崎は、伏見屋の話を訊いた。

二人は落胆しきっている。明らかに庄吉の死そのものより、儲けが消えたことに打ちのめされている。

「殺された理由ですか？　まったく思いつきません。庄吉さんは頑固だったけど、根はおだやかで、冷静ですから、喧嘩には絶対なりませんでした」

番頭のほうが答えた。

「商売先だからだろ？」

「いいえ。誰に対しても同じだったと思いますよ。それに、あの人はほんとに染め一筋で、恨みを買うほどのつき合いもなかったはずです」

「なるほどな」

やはり、喧嘩という線は考えにくい。

矢崎は倅の布次に目をつけた。

「文治。野郎の動向を洗ってくれ」

「洗うのはいいですが、野郎は下手人にはなりえませんぜ」

「刀が駄目か？」

「それよりなにより、野郎は今日の朝まで小伝馬町《こでんまちょう》にいましたから」

「ちっ」

矢崎は憎らしそうに布次を睨み、

「庄吉の女房は？」

と、訊いた。

「四、五年前に死んでます」

「稼ぎのいい職人なら、女もいただろう？」

「たまに吉原《よしわら》に上がることはあったみたいですが、決まった女はいなかったみたいです」

「女の線も難しいか」

と、いったんはうつむいたが、

「倅はどうしようもねえ馬鹿なのか？」

「働きはまるでないみたいです」

「ヤクザか？」

「そこまでは」

「だが、つながりくれえはあるだろ。倅のことで話がこじれて、おやじと話をつけようとしたが、頑固爺《じじい》に腹を立ててばっさりってえやつだ」

「小ばくちなんざ打ってるケチな野郎です。それほどこじれるような話になるとはあまり考えられませんよ」

「なんだよ、手がかりがまるでねえじゃねえか」

矢崎はそれが文治のせいであるかのように言った。

「いま、お帰りに」

伏見屋のあるじと番頭がいったん帰るというのに合わせ、文治に目配せをして、そっと出て行ったのだ。

矢崎は外へ出た。

竜之助の後ろ姿が見えた。

一歩ずつ、踏みしめるように歩いているが、もらい煙草の事件のときほどにはのたのたしていない。手の怪我でもあれだけの大怪我で、衰弱は全身に及んだが、さすがに回復力は医者も驚嘆《きようたん》するほどどらしかった。

「おーい、福川」

「は?」

「まあ、ちっと茶でも飲んでいけや」

三

文治のところの下っ引きに饅頭《まんじゆう》を買いに行かせ、

「ちっとゆっくりしていくがいいぜ」

と、矢崎は竜之助の座るところを、自らつくってやった。

「いや、矢崎さんにそんなことをしていただくと恐縮ですから」

「馬鹿野郎。おれはただ、身体を休めろと言ってるのさ」

竜之助はゆっくり仕事場を眺めた。

藍が発酵した独特の匂《にお》い。

かなりの熱も発しているらしくもぁーっという空気が流れてくる。

藍染のほかに、さまざまな草木染めも試みているらしい。

かたわらに草が積み上げてある。

ほんとに仕事一筋の男の住まいらしい。

絵草紙などのたぐいもなければ、枕絵も貼っていない。

酒を飲むようすもない。煙草盆もない。

仏壇も神棚もない。

そのことを倅に言うと、

「おふくろが死んだときも言ってました。所詮《しょせん》、神も仏もねえんだと。前にもやっぱりつらいことがあったみたいです」

「そういうことを言ってるからつらい目にも遭うのさ」

矢崎がそう言うと、布次はいまにも跳びかかりそうな目をした。

「それは、殺されたときにやっていた仕事だね」

と、竜之助が指差した。

台の上に、染めの途中の布が置いてある。いくつか縛られたところがあり、染料に漬けてあるところもだいぶ乾いてしまっている。

「おっこち絞りだな」

と、矢崎が言った。

まだ、結んだままなのにわかったらしい。

「凄いですね、矢崎さん。そのままでもわかっちまうなんて」

竜之助は素直に感心した。

「わかるさ、それくらい。おいらは絞りにはうるさいんだ」

と、矢崎は自慢げな顔をした。

おっこち絞りというのは、このごろはちょっと下火になったが、一時、大流行した絞り染めである。

淡い紺やねずみ色の地に、花形などを濃い赤や紺で絞り染めにした。

「おっこち」

というのがそもそも、江戸の流行り言葉で、まいったこと、惚れたこと、あるいは惚れた相手のことを意味した。

「変だな？」

倅の布次が顔を上げた。

「なんだ？」

「おかしいんです」

「なにが？」

「おやじは、いつもおっこち絞りは嫌いだと言ってたんです」

「そうなのかい」

「下品だって」

「下品かよ」

矢崎がむっとした顔をした。

「あんなだらしのねえ柄。おやじのやる絞りはそっちにあるでしょう。見てくださいよ。その細かな仕事を」

「ほんとだ」

竜之助は目を瞠《みは》った。

「三浦絞《みうらしぼ》りっていうんです。おやじの得意な絞りの一つです」

「おっこちなんか、おれにもできます。それをなんでおやじが……？」

自慢げに言った。

四

「それを開いてみてくれねえかい？」

と、竜之助は染めの途中になっている布を指差した。

「わかりました」

布次がうなずいた。

いちおう染めについてのことは、一通りはできるらしい。

すでに藍にはつけてある。

布次が結んである紐をほどき、水で洗った。

「ほんとはまだまだいろんなことをするんですが」

と言いながら広げると、花のような、花火のような単純な模様が広がった。

二つあったが、どっちも似たようなかたちである。

「ああ、なるほど」

竜之助はつぶやいた。

なんで矢崎がむっとしたのかがわかった。今年の両国の花火のとき、仕事を離れてご新造と散策する矢崎と出会ったことがある。そのとき、矢崎が着ていた浴衣が、まさにこの柄だった。

「おっ」

と指差した竜之助に、

「花火みてえだろ」

嬉しそうに言ったものである。

「せいぜい、のれんだ。安酒場の」

と、倅の布次が言った。

矢崎は悔しそうにしている。

──たしかに変だ……。

竜之助は立ち上がった。

仕事場の外をあらためて見た。

前に川が流れている。殺される前の夜、そこに舟が舫ってあったという。

「庄吉は舟を使うようなことはあったかい？」

と、布次に訊いた。

「いえ、まったく」

「ふうん」

川はつづいている。江戸は舟を利用すると、いろんなところに行ける。

この殺しも何かほかのこととからまっているのではないか。

「どこかでなんかあったんじゃねえかなあ」

竜之助がぽつりとそう言ったとき、

「矢崎さま、殺しです」

と、小者が血相を変えて飛びこんで来た。

「どこだ？」

「築地の南飯田町《みなみいいだちょう》あたりです」

ここからもそう遠くない。

それから、小者にいろいろ尋ねているようだが、こっちには聞こえない。

「よし。こっちは文治、おめえにまかせるか」

軽い調子で矢崎は言った。

「えっ」

「向こうはだいぶ面倒なことになりそうなんだ」

「ははあ」

たぶん、向こうのほうが楽だと踏んだ。

出て行こうとする前に矢崎は振り返って、

「福川はまだろくに動けねえんだ。無理させるんじゃねえぜ」

と、言った。

「はあ」

文治はあきれた顔をした。無理しない程度には手伝ってもらえという意味だろう。

竜之助は頭を下げ、

「あのう、矢崎さん……」

「なんでえ」

「その死体もやはり一刀のもとにばっさりなんてことは？」

と、竜之助は訊いた。

「いや、小さな刃物で胸を一突きだったらしい」

五

「おやじさんとはしっくりいかなかったみたいだな？」

と、竜之助は布次に訊いた。

「そりゃ、まあ、こういう暮らしをしてましたんでね」

と、苦笑いして、肩をまくり上げた。彫り物もどこか元気がない。

「ほんとだったら、おやじのあとを継いでいてもいいよな」

「まあね」

「やったんだろ、いちおう修業は？」

さっきの手つきにはとまどいがなかった。

「ええ」

「たいへんだったかい？」

「あっしは手先が不器用なんです。いや、手先だけじゃねえ。これをこんなふうにすれば、こういうかたちになるというのが、どうしてもわからねえ」

「こういうかたち？」

「はい。たとえば絞り染めです。おっこちなんてえのは、ただ縛って、そこは藍につからないようにしておいて、染めるだけです。縛るのもかんたんですよ。ところが、そこにあるのが三浦絞りですが、見てくださいよ」

さっきも見たが、今度は手に取ってじっくり見た。

「まるで小紋だな」

「型染めじゃなく、絞りでそんな細かい模様をつくるんですぜ。ところが、あっしなんざ縛るのも器用にできねえうえに、どう縛ればどんな模様になるかがわからねえ」

「それは才能がいるのかな」

「そうなんです。この才能ってえのが厄介《やっかい》なものでね」

そう言って、布次は顔をしかめた。

「あんただって、おやじさんの子だろうが」

「旦那。顔だの癖だのってどうでもいいことは親から子に伝わるんです。ところが、才能ってえのだけは別だそうで、あれは親からもらうんじゃなく、天からもらうんだって聞きました。おやじもそんなことを言いましたし、名人と言われる細工師からも聞いたことがあります」

「なるほどな」

それはわかる気がする。

「ですから、あっしもおやじと同じことをやってちゃ超えられもしなきゃ、おやじの顔に泥を塗るだけですよ」

布次はそう言って、うつむいた。

この倅はぐれたりしたが、おやじの仕事が大好きだったに違いない。

「ところで、あんた、悲しみのあまり、つい口走ったんだろうが、さっき頼りにならねえって呻《うめ》いたよな」

「え」

「あれはどういう意味だったんだい？」

「そんなこと言いましたか？」

「言ったよ」

「あっしはやっぱりバチ当たりだ」

と、頭を抱えた。

「そんなに悩むなって」

「でも……」

「おいらは父親も母親も早くに亡くなったりいなくなったりして、ほとんど接した記憶がねえんだ……」

　竜之助は遠い目をして言った。

「そうなので」

「でも、だからといって親のことを考えねえわけじゃねえ」

「そりゃあそうでしょうね」

「次々に起きるさまざまな事件にも、親子の気持ちというのはどっかで関わっている」

「へえ」

「それでいろいろ考えた結果、思うんだが、親子なんてえのはたぶん、どっちもバチ当たりなんだよ」

と、竜之助は言った。

「え？」

「親は子の期待を、子は親の期待を裏切りつづける。きっと、この世ってところはそういうものなんだよ」

「旦那、若いのに悟ってますね」

皮肉でもないらしい。

「悟ってなんかいねえよ。日々反省」

と、竜之助は言った。

「あっしもだ」

二人は笑い合った。なにか打ち解けた気分になった。

「じつはね……借金を申し出ていたんです」

布次はぽつりと言った。

「そうだったのか」

「付き合ってる女に小間物屋でもやらせたくて、十両ほど貸して欲しいと」

「十両……」

「おやじの稼ぎなら、それくらいは無理な額ではないだろうと思いました。だが、おやじは材料とかに金を惜しまなかったから、稼ぐわりには金は持ってなかったかもしれません」

「ふうむ」

それでも親は、何とかしてやりたいとは思ったはずである。

六

「ううむ」

と、矢崎三五郎が切なそうに唸った。

足元で、猪牙舟《ちょきぶね》よりさらに一回り小さな舟が揺れている。舫ってあるのではなく、両側の舟のあいだに入り込み、ひっかかって動けなくなっているのだ。

その船底に死体があった。

血の乾き具合や、肌の色などから、検死の役人は一昨日あたりに殺されたのだろうと推定した。

莚《むしろ》がかけられていて、発見が遅れたのだ。足先が莚からすこしはみ出ていて、昨日には見つかっていてもよさそうだったが、今日の朝、河岸にふらりとやって来た浮浪者に見つけられた。

こういうことには運不運もある。道端のすぐわきに倒れていて、十日も発見されずにいた死人だっている。

歳はまだ二十代の半ばくらいではないか。

おかしな感じもある。町人風だが、面ずれや胼胝《たこ》など、剣術を稽古したあともある。いま流行りのにわか武士か、あるいは武士が町人を装っていたのか。

「怪しいんだよな」

矢崎がそう言うと、

「そうですね」

小者もうなずいた。

最初に報せを受けたときは、これはかんたんにカタがつくと思った。

舟には名前が書いてあった。〈第八浪花屋丸《なにわやまる》〉と。

おそらく、ここからも近い大店の油問屋〈浪花屋〉の持っている荷舟だろう。

船頭はいなくなっている。

てっきり、矢崎はその船頭が下手人だと思いこんだ。

「店の舟を持ち出して、バクチにでも行ったはいいが、そこで勝った負けたのたぐいで喧嘩が始まった。バクチのあとはカッカときているから、喧嘩になりやすいのさ」

そんなふうに話しながら駆けつけてきた。

ところが――。

呼んできた浪花屋の手代によれば、

「舟は間違いなくうちのものですが、一昨日の夜、盗まれたものです」

というではないか。

「死んでいる男に見覚えは？」

と、矢崎は訊いた。

手代は怖々《こわごわ》と、だがじっくり死人の顔をのぞきこんで、

「まったく見覚えはありません。店の者でもなければお客さまでもないし、ご近所の方でもありません」

きっぱりと言った。

「駄目だろうが、大店が舟を盗まれるなんてだらしのねえことをしてちゃ」

矢崎は皮肉っぽく言った。

「申し訳ありません」

手代は頭を下げた。

だが、舟を絶対に盗まれないようにするのは容易ではない。盗もうとすれば、舟蔵にでもおさまっていない限り、江戸の大半の舟は盗まれる。

「矢崎」

と、年寄り同心が矢崎を呼んだ。

「なんです？」

「これを見ろ」

遺体の背中を指差した。土や、枯れ草がついていた。

「舟で殺されたんじゃねえな」

矢崎はつぶやいた。

「殺されてから舟に乗せられ、ここまで来た」

と、年寄り同心は言った。

「まいったな」

矢崎は顔をしかめた。

この堀はどこにだって通じる。さっきまでいた船松町の一丁目も、ちょっとさかのぼればすぐのところである。

——もしかしたら関わりもあるかもしれない……。

福川に出て来てもらいたいが、向こうの殺しをおっつけてきた。

いまさらこっちもやれとは言えない。

七

お寅が八丁堀の役宅に見舞いに来た。

今日はお寅が面倒を見ている五人の子どもたちもいっしょである。

「ぞろぞろと申し訳ありません。ずっと来たいと言ってたのですが、お邪魔になるからと押しとどめていたんです。でも、こっそりやって来そうで、それだとかえってご迷惑かけるんでね。一目だけでも会ってやってくださいませんか？」

「一目だけなんて、そんな冷てえじゃねえか。おい、上がれ、上がれ」

と、竜之助は子どもたちに声をかけた。

「うわぁい」

と、歓声が上がった。

「やよい、子どもたちにうまいものをごちそうしてやってくれ」

「じゃあ、いま、おいしいおしるこを」

「やったぁ」

子どもたちの屈託のない歓声が上がった。

「福川さま……」

「お前たちも見舞いの品があるんだろ」

お寅は子どもたちに言った。

「さっき、そこで聞いたばかりで、なにを持って来たのかわからないんですよ」

「おう、そいつは楽しみだ。見せてくんな」

竜之助は手を出した。

新太《しんた》が出したのは黄表紙である。吉原の花魁《おいらん》の話らしい。

「長屋の兄貴たちに訊いたら、退屈したときはこれがいちばんだって言うから、頼み込んでもらってきたんだ」

「まったくだ。これはとくに面白そうだなあ」

竜之助は嬉しそうに懐に入れた。

おみつが出したのは折鶴である。上手に折ってあって、上から大きい順に六つつないである。

「わかる、福川さま？」

「おっ、わかるぜ。上からお寅さんとあんたたちだろ」

おみつはこっくりうなずいて、

「早くよくなってね」

泣き出してしまう。

松吉《まつきち》が袖から何か取り出すと、いっせいに非難の声が上がった。

「あ、馬鹿、カエルなんか持ってくるなよ」

「汚いよ」

文句を言われて松吉は小さくなったが、

「あれ、松吉はおいらはカエルが大好きだってえの知ってたのかい。いいよ、そいつはここの庭で飼ってやるから」

「よかったぁ」

松吉は竜之助の言葉に胸を撫《な》で下ろした。

金二《きんじ》が懐から取り出したのは、イチョウの葉っぱである。

「落ち葉の中からいっとうきれいなやつを拾ったんだけど、持って来る途中でくしゃくしゃになっちまったよ」

「いやあ、充分、きれいだよ」

そっと枕元に飾った。

いちばん小さなおくみも、

「飴玉だよ。ちょっとなめちゃったんだ」

「そんなこたぁかまわねえよ」

さっそく口に入れてしゃぶった。

それぞれ、子どもなりに心がこもっている。

「ありがとうよ」

じぃーんとくるが、子どもたちに涙なんか見せられない。五人まとめて抱きしめて、こみ上げるものを我慢した。

「あたしは、そろそろ滋養のつけすぎもまずいかと思いましてね」

お寅は花を持って来てくれた。

「そういうところもあるんだね、お寅さん」

「あら、やだ。盗んだ品なんか持って来ませんよ」

花瓶に生けてくれる。

いい匂いの菊。

「うちの家紋……と言いたいところですがね」

「家紋ね」

と、言って、頭の中で何か光ったような気がした。

庄吉のおっこち絞りの柄は、花とか花火のように見えたが、あれは家紋ではないか。

「家紋はくわしいかい？」

「どうですかね」

と、お寅は首をかしげた。

「わたしはわりと」

と、やよいが言った。

竜之助は描いた。庄吉が殺されるまぎわに染めようとした絞りの模様である。

花。先がぎざぎざに割れた五弁。

「撫子《なでしこ》」

と、やよいとお寅が同時に言った。

「こんな家紋、あったのか？」

「撫子は多いですよ。丸に撫子もありますし、秋月《あきづき》撫子というのは三つ並んで紋になっています」

やよいがそう言うと、

「お旗本の美濃《みの》さまはこの撫子ですよ」

お寅がさらりと言った。

模様は二つあった。もう一つも描いてみせて、

「じゃあ、これは？」

と、訊いた。桜のような花を、浪模様のようなものがぐるっと取り巻いている。

「え？」

「あら？」

お寅とやよいは顔を見合わせた。

「こんなのあったかね？」

「さあ？」

それがわからない。

じっくり見る。

「ううむ……」

もしかしたらさっきのも家紋ではないのかもしれなかった。

八

「旦那、大丈夫ですか」

文治が櫓《ろ》を漕《こ》ぎながら、心配そうに声をかけた。どうもうまく櫓が漕げないらしく、舟はやたらと揺れる。

「なあに、ひっくり返ったら、泳げばいいだけじゃねえか」

「いや、いまの旦那を泳がせるわけには」

猪牙舟だが、船宿の船頭が漕ぐほど速くはない。舟というよりは上り坂を行く大八車《だいはちぐるま》くらいの速さで鉄砲洲川と呼ばれる掘割を進んだ。

狭い掘割だが、猪牙舟が楽にすれ違うくらいの幅はある。

両側は大名屋敷か旗本屋敷である。

「静かなもんですねえ」

文治がゆったりした口調で言った。

三角のかたちをした大きな船だまりに出た。

岸に舟を寄せ、

「旗本の美濃家ってえのはそこだぜ」

と、指差した。

撫子の家紋の家である。千五百石。寄合だが、武芸の家柄として幕臣にはよく知られている。何代か前の当主は、火盗《かとう》改めの長官に就任するため、熱烈な運動をしたという。

「声がしますね」

「ああ、そうだな」

昼間から酔って騒いでいるような声がしている。

近くに小舟を泊め、釣りをしている男がいた。五十くらいの武士だが、すでに隠居したといった風情である。

「お近くでいらっしゃいますか？」

と、竜之助が声をかけた。

「うむ」

「こちらはお旗本の美濃さまのお屋敷ですよね？」

「そうじゃ」

「近ごろ、おかしなようすがあるということはありませんか？」

竜之助が訊くと、男はいったん釣り糸を引き上げ、餌《えさ》があるかを確認して、

「あまり大きな声では言えぬが、この屋敷の評判はよくないな」

と、にやりとした。

「どういったことで？」

「浪人者がうろうろしておる」

「やはり」

「町方もそっちのことだろう？」

竜之助と文治の十手を見て、男は言った。

「ええ」

「ろくでもないやつらだ。浪人なら、町方で取り締まれるだろう」

取り締まって欲しいらしい。

「いちおう」

竜之助はうなずいた。

とはいえ、いざしょっぴこうものなら、急にうちで雇った者だなどと言ってきかねない。

だが、とりあえず調べるくらいはできる。

「もともと武張った家なのだが、当代は度が過ぎてな」

「そうなのですか？」

「京都の混乱に、自分のところで集めた私兵を送り込もうとしているらしい」

「それはまた……」

かなり先走った行動だろう。

「ところが、集まってくるのは本当に世を憂えているのか、この際、一山当てようと思っているだけなのか、区別のつかぬやつらばかりさ」

「そうですか」

それ以上、余計なことは言わず、竜之助たちは礼を言って離れた。

舟をいったん大川のほうに出そうとすると、橋のそばのところで、矢崎が難しそうな顔をして海のほうを見ている。

「あれ、矢崎さん？」

と、竜之助は声をかけた。

「おう、福川、何してるんでえ？」

「染めの庄吉の調べですよ」

「なんだ、ここらに関わりがあるのか？」

「そういえば、矢崎さんの事件もここらでしたね」

「その舟に横になってたのさ」

「え？　死体は舟の中に？」

それは聞いていない。

庄吉殺しがあった前夜、あのわきに見慣れぬ舟が舫ってあったというではないか。

竜之助は矢崎が指差した舟を見た。〈第八浪花屋丸〉。

「これって……」

「どうした？」

花を浪が囲んでいるから、浪花屋……。

もしかして浪花屋の本当の紋を知らなかった庄吉は、咄嗟《とっさ》の頓知《とんち》であらわそうとしたのではなかったか。

九

もう一度、鉄砲洲川をさかのぼる。今度は、矢崎のほかに小者も一人乗り込んだ。その小者に舟を漕いでもらう。こっちもたいしてうまくはないが、文治よりはましである。

そのあいだに、矢崎が調べたことをざっと聞いた。

「舟は盗まれたのには違いないですが、おそらく店の者の目の前で持って行ったというべきでしょうね」

と、竜之助は言った。これは、近ごろ頻発している浪人たちの押し込みと考えるのが自然だろう。

「あの手代の野郎、しれっとしたツラで」

「いや、手代は何も知らないんですよ。本当に盗まれたと思っていれば、いくら鋭い矢崎さんでも嘘だとは見破れませんよ」

「まったくだな」

庄吉のところを通り過ぎ、佃の渡しがあるところを過ぎた。左手に舟を向け、越前堀へと入る。高橋《たかはし》をくぐって右手の東湊町《ひがしみなとちょう》一丁目に、油問屋の浪花屋はあった。

のれんの紋はあの絞り染めとはまるで違う。竹の幹を描いた単純なかたちである。だが、庄吉は浪と花を伝えるしかなかったのだ。

「美濃家に出入りする浪人者が、この浪花屋で何かしでかした。舟を奪って逃げたとすると、庄吉のところはその途中になります」

と、竜之助は言った。

「そうだな」

「浪花屋を問い詰めるのは、ぜひ矢崎さんに」

「おう、まかせな」

あるじを呼び出した。

油問屋のあるじなら、もっと脂ぎっていてもよさそうだが、なんともすっきりした容姿のあるじだった。

まだ若い。四十にはなっていないだろう。

「お前んとこでろくでもねえ連中に金を渡したよな？」

矢崎は大滝と違って世間話から入ったりしない。いきなり核心に入る。ただし、核心がわかっているときだが。

「ろくでもない連中とおっしゃいますと？」

「噂くらいは聞いてるだろうよ。天誅だの、攘夷《じょうい》だの、尊王《そんのう》だのといろんなことを言っては、大店から金をむしり取っていく連中がいる」

「あ、はい、噂には」

「ここにもそういう連中が来たという噂があるのさ」

「いえ、手前どもには」

「いくら渡した？」

無視して矢崎は訊いた。

「いいから早く言わねえと、連中が捕まったとき、こっちの名前が出たりしたら、きわめてまずいことになるぜ」

「は？」

「そ、それは」

あるじは認めない。暑くもないのに、額に汗が浮いている。

「四、五十両ってとこか。百両までは出さねえだろう？」

そこらが相場のようになっているらしい。

「そんなことを言われましても……」

矢崎は振り返って竜之助を見た。

「どうも、言いそうもねえな」

と、表情が語っている。

竜之助はうなずいた。

「仕方ないです。ここはいったん引き上げましょう」

という意味である。

言うわけはないだろう。認めてしまったら、幕府への反逆になってしまう。金がそっくり出てきても盗まれたことにする。

だが、あるじの動揺は激しすぎる。間違いなく、金は渡したのだ。

もう一度、舟に乗り込んだ。

死んだ庄吉の仕事場の前に来た。倅の布次が染め物をしていた。

声はかけずに、すこし先まで行ってから舟を泊めた。

――あの連中に逃げる途中で、仲間割れがあったのではないか。

なんせいきり立っている連中である。同士討ちすらめずらしくはない。

その喧嘩があったところが庄吉の仕事場の前だった。

かたわれが逃げる男を追いかけたのではないか。夜中に騒ぎがあったという証言は出ていない。だが、この先は、大名屋敷が並ぶところである。そっちに行けば、ちょっとくらいの悲鳴を聞きとがめる者はいなかったかもしれない。

周囲の者は眠りこけていても、庄吉は仕事をしていた。絞りの結ぶ作業は夜でもできる。

ここからは想像である……。

庄吉は、誰もいなくなった舟を見た。布でおおった下に箱が見えた。金箱らしい。

あんな悪党どもの金だ。

どうせ、捕まっちまえば、探すこともできねえ。

庄吉は倅の十両という借金の無心のため、金が欲しかった。

「出来心だったと思います」

と、竜之助は言った。

「なるほど。引っかかるところはねえな」

「もどったやつは、たぶん向こうの屋敷についたとき、脅し取った金が無くなっているのに気づいた。よくよく考えると、喧嘩のとき、舟を舫ったわきの家に明かりがついていた。それで、翌日に庄吉のところを訪ねてみたというわけです」

「庄吉は白状して、すぐに金を返したのか」

と、矢崎は訊いた。

「そんなわけはないでしょう」

「脅したんだな？」

「向こうも確信はないでしょうから、やたらに脅すということはしませんよ」

「じわじわと話をしたってわけか」

「ええ。たぶんね」

双方の緊張はどれほどだったろう。

向こうも手の内を明かした。世の中を変えるため、不埒《ふらち》な商人の浪花屋から大金を奪った。それがちょっとした隙に略奪されてしまった——と。染めの職人に、内情など知られても、とくに困ることはないのだ。

「美濃家の名も出したのか？」

「あるいは、庄吉は提灯を見て察したのか」

「なるほど」

「緊迫したやりとりの中で、自分は殺されるかもしれないと予測し、下手人を伝えるための手がかりを残してくれた」

「たいした職人だぜ」

矢崎もふだんの腕のいい職人への反感を忘れたらしい。

「おいらもそう思います」

結局、隠していた金は探し出され、庄吉は逃げようともしただろうが、ばっさり……。

竜之助たちの舟がもう一度、美濃家の屋敷の前に来た。

ちょうど、怪しげな浪人者が出てきたところだった。

「旦那……」

文治が顔をしかめた。

「どうした？　知ってるやつか？」

竜之助は訊いた。

あの秋風亭忘朝の三題噺で、「天誅」を題にした新垣小十郎だった。

十

竜之助は役宅の庭に立っていた。

刀を一本、落とし差しにしている。

さらに、十手も腹に差している。

十手を抜き、宙に放った。

紐が伸びきったところで止まる。同時にこの紐を強く引きながら、回転をさせる。ひゅうひゅうという風を切る音がする。

だが、ただ回すだけではつばくろ十手にはならない。先端の細い糸で、向きを操作しなければならない。

左手を上にあげた。

「うっ」

激痛が走った。まだ添え木をしたままである。

とても動かせたものではない。

十手が下に落ちた。しゃがみこんで、しばらく痛みに耐えつづける。左手だけでなく、頭の後ろまで痺《しび》れるくらいの痛みである。

やよいが隠れて、心配そうに見守っている。声をかけたりすれば嫌がられるのはわかっている。

竜之助はゆっくり立ち上がった。

庄吉殺しを解決するには、どうしても武器を取らざるを得ないかもしれない。

だが、いまの竜之助にはそれはかんたんなことではない。あの新垣小十郎という男の狂暴さが、ちらっと見ただけでも感じられた。

美濃家に出入りしている浪人者は五人ほどである。出入りを見るに、腕が立つのは明らかに新垣だけだった。あの庄吉の斬り口を見れば、下手人も新垣と考えるのが自然だった。

右手を刀にかけ、すうっと抜いた。

青眼にかまえる。剣先が揺れた。北辰《ほくしん》の剣ならわざと揺らす。だが、竜之助の剣は違う。

本来ならぴくりともぶれない。たとえ片手でも。

やはり腕の力も相当に落ちている。

上段に構えなおし、踏みこんで、刀を振り下ろした。

左半身から脳にかけて、雷に打たれたような痛みが走った。

「ううう……」

竜之助は崩れ落ち、横になって痛みに耐えた。

十一

「どうした？」

と、竜之助は文治に訊いた。

鉄砲洲川の先まで眺められる橋の上である。

「まだ、出てきません」

「勘づかれたかな」

同心の恰好ではないので、しらばくれてようすを見に行くことにした。

矢崎や大滝が美濃家の前を見張っている。竜之助はできるだけ多くの小者も出してくれるよう頼んでおいた。捕縛しなければならないのが一人とは限らないし、斬り合いになることも充分、考えられる。

武士の屋敷に、こっちから踏みこむわけにはいかない。出て来るのを待って後をつける。よからぬことをしでかしそうとしたときにでも声をかけ、庄吉殺しの件まで訊問しようということになった。

途中まで来たときである。

ふいに後ろから声がかかった。

「おい、岡っ引き。おめえとは前にも会ったな」

見張っているはずの新垣小十郎が後ろにいた。

「げっ、どこから？」

文治が思わず訊いた。

「ばぁか、あの屋敷は、裏からじかに舟を出せるのさ」

そう言って、新垣は刀に手をかけた。

「しまった」

竜之助は文治をかばうように右に回った。

抜けばまず、こっちに斬りかかってくる。とはいえ、竜之助は竹の棒しかない。

元気なときならこれでも戦うことはできる。だが、いまは竹の棒でも爪楊枝《つまようじ》程度にしか役に立たない。

しかも、この男は相当にできる。

――下がりながら、斬りかかってきた手首を棒の先で突く……。やれるのはそれだけだろう。だが、次の動きはできない。すかさず、文治が十手で叩きつけることができるかだが、それはまず期待できない。

――最初の突きで、骨まで砕くことができるかだろう……。

竜之助はさりげなく竹を持つ手の位置をずらし、長めに持ち替えた。

そのとき。

「おうおう、道端で斬り合いかい？」

またも後ろから声がかかった。

「ん？」

向こうからゆっくりと歩いて来る男がいた。

「よう、怪我したんだってな」

爽やかな笑顔でそう言った。

「あなたは……」

見覚えがあった。

前に薩摩藩邸の近くで、ともに浪人者たちと戦った男だった。名はわからないが、目的は想像がつく。薩摩示現流《じげんりゅう》からの刺客。

「わしは薩摩藩の中村半次郎というが、あんたの家を訪ねるところだった。お女中から怪我をしたと聞いたので、見舞いがてらにな。いいのか、外をうろうろしていたりして？」

「中村半次郎……」

名前に聞き覚えがある。

奉行所の剣術好きの連中が噂していた。実戦になればいちばん強いといわれる薩摩示現流。その最強の遣い手。そして、またの名を人斬り半次郎……。

中村半次郎はこっちにいる新垣小十郎の殺気を感じつつ、気候の話でもする調子で話しているのだ。

「おい、貴様、来るな」

と、新垣が中村半次郎に言った。

「なんでかな」

「怪我するぜ。いまからこいつらを血祭りに上げるところだ」

「そいつは無理だ」

いかにも馬鹿にしたような調子である。

「なに」

「しかも、その怪我をした男は、刀がなくても、身体が衰弱していても、あんたよりは強いと思うぜ」

そんなことはない。ここで斬り合いになるとすれば、竜之助自身は斬られるほうに賭ける。

中村半次郎は挑発しているのだ。竜之助の怪我の具合を見て取って、自分が相手をするつもりになったらしい。

「ふざけるな」

新垣が中村半次郎に身体を向けた。すでに刀に手はかかっている。腰が沈み、すこし前に倒れるような構えになった。居合いを遣うのだ。

一方の中村半次郎は流れるような動きで刀を抜き放つと、切っ先を天に向けた。まさに噂どおりの薩摩示現流である。

「待たれい。新垣小十郎に訊きたい。先日の夜、町人とも武士ともつかぬ男を殺害した件、およびこの川の流れ沿いにある染め物職人の庄吉の家に押し入って、庄吉を殺害した件について確かめたい」

　と、竜之助が言った。

「ふん。まあ、よいか。どうせ、そなたたちは皆、あの世に行ってもらうのだしな。いかにも、あの馬鹿を殺したのも、あの染め物職人を斬ったのも、わしだ。しかも、非はあやつらにある。あの馬鹿は献金の目的を取り違えた。町人出身だから、金を見たら目が眩《くら》んで、わしにこのまま逃げようとぬかしおった。天誅だ、あれは。職人もまた、どさくさにまぎれて、わしらへの献金を盗もうとした。十両盗めば首が飛ぶのだろうが。あいつも天誅だ。わしがそなたたちの代わりにやってやったのさ」

　新垣小十郎はうそぶいた。

「金は取り戻したのだろう?」

「ああ」

「ならば、斬るまでのことはしなくても」

「野郎はあの金を四両、五両程度のはした金と踏んだらしい。だが、出てきたのが五十両だったので、恐ろしくなったのさ。どうもそのまま町方に届けようか、迷っていたらしい」

「なるほど」

「届けられちゃたまらんのでな」

と、新垣は笑った。

それを聞いていた中村が、

「きさまのような頭のおかしなやつが動き回るから、世の中はますますわけがわからなくなるのだ」

と、言った。

「なんだと」

新垣は中村を見て、にやりと笑った。

上段に構えた中村の構えに隙が出ていた。それは、伸びすぎたタケノコのような硬さとだらしなさを、胴のあたりに漂わせていた。

「とおりゃあ」

掛け声とともに、一歩踏みこみ、新垣の刃が一閃《いっせん》した……が、その軌跡は途中で落とし穴に落ちたように崩れた。

中村の隙は巧妙な誘いだった。新垣の刃が鞘《さや》を出るころには、体勢は完全に整えられていた。伸びすぎたタケノコは、しなやかな若竹になっていた。

ただ一振りだった。中村の豪剣が天の怒りのように唸った。

新垣は、頭から血飛沫《ちしぶき》を上げて倒れていった。

十二

「おやじが金を……」

布次は呆然《ぼうぜん》としてうつむき、足元の土間をじっと見つめた。

言うには忍びなかったが、しかし、ここは本当のことを伝えなければならなかった。布次も知るべきだった。

殺された理由。そして、下手人は明らかになり、すでに斬られたこと。

「もちろん、それはどこかから盗んだらしいろくでもない金だとわかったからなんだがね」

「それにしても、あのおやじが盗みを……」

「それがどうも、奉行所に届けようという気になっていたらしいんだ」

竜之助は、死んだ庄吉をかばうように言った。

「おやじを殺したのはあっしですね」

布次はうめくように言った。

「それは違うぜ」

竜之助は首を横に振った。

「違いませんよ。あっしがおやじに金の無心をしていたから、そんな出来心にも襲われたんですよ。ふだんのおやじは金なんかどうでもよかったんです」

「でも、父親が倅のためにやれるだけのことをしてやりたいと思うのは当たり前のことだぜ。それは、あんたが後ろめたく思うことじゃねえ。ただ、あれだけの腕の人だ、時間はかかってもまともな金はつくれたはずだよ」

「それは、早くなんとかしてやりたいと」

「そんな金は身を危うくするのは当然なんだ。あのとき、あんたがいたら、いっしょに殺されたかもしれねえぜ」

それは口先だけの脅しではない。じっさいにそうなることも考えられた。やはり庄吉はしくじったのである。どんな人生にもひそんでいる罠のひとつに落ちてしまったのだ。

「………」

「冷静なおやじさんだったけどな……。もちろん、いちばんひどいのは、新垣という浪人者だったがな」

だが、新垣にしても、共犯の男が持ち逃げなどしようとしなかったら、あんな凶行にまでは至らなかったのだ。

重大な不幸が起きるには、かならずいくつかの不運が関わってしまう。

「どうしたらいいんだろう?」

布次は土間にしゃがみこんだ。

「もう、わかってるだろ?」

と、竜之助は言った。

「え?」

「あんたがすべきことだよ」

と、竜之助は布次がいままでやっていたことを指差した。

絞り染めのため、布をいろんなかたちに結んだものが置いてある。それでどういう模様ができるのかを、ひとつずつ試してみるつもりだったのだろう。

絞りだけではない。小紋の型染めのための型も積み重ねてある。

また、草木染めに使う草の種類も増えていた。

「ああ、これね」

「やるんだろ?」

「前にいた弟子も独立していったんで、おれしかいねえんですよ。この仕事場をつぶしちまうのも勿体ねえから」

「あんたは、いくつくらいから修業を始めたんだい？」

と、竜之助は訊いた。

「さあ、いくつくらいだったでしょう。物心がついたときには、もう手伝っていたような気がします」

布次は懐かしそうな目をした。

「だが、途中で嫌になっちまったんだろ？」

「そうですね。おふくろが亡くなる前後でしたよ。おやじはろくろく看病もせず、仕事をしつづけたんです。まるで、病になるのはおこないが悪いというような態度でした」

「……」

「そんなに大事なことかと思いましたよ。たかが染め物がと。こんなもの無くたって、別段、誰も困らねえ。そりゃあ、ほかの職人がつくるものよりちったあましかもしれねえが、それにしたって、たかが染め物ですよ。おやじはそのことをわかってるのかと思いました。すると、すっかり嫌になっちまいましてね」

それはたしかにそうなのだ。人が夢中になっているものをよくよく眺めると、たかがと言っていいものがほとんどなのだ。どうしても無くてはならないものなど、ほんとに一握りだろう。

ましてや、それを消えつつあるひとつの命の重さと比べたら……。

「この何日かも、あのときのことを考えていました。いまは、おやじの気持ちもすこしはわかるような気がします」

と、布次はぽつりと言った。

「ほう」

「あのとき、おやじが死んでいくおふくろにべったり寄り添ってしまったら、おやじも死んでしまったんでしょうね。もちろん、ほんとに死ぬわけではないが、何もかもが虚しくなったような気がします」

「……」

「それに、おれが望むほどの看病はしなかったが、仕事を終えてもどってくればおふくろの着替えをさせ、飯をつくったりはしてたと思います。男の看病ってえのは、あんなものかもしれませんね」

「……」

そう言って、布次は訪ねてきた両親を見るような眩しげな目で、天井のあたりを仰ぐようにした。

おそらくこういうことはかんたんに結論の出ることではないのだろう。ずっと考えつづけていくのだろうし、考えることにいちばん大きな意味があるのかもしれない。

「本気みたいじゃねえか」

竜之助は、周囲を見回した。

「どこまでやれるか。やっぱり駄目だったってことになるかもしれませんよ」

「それならそれでいいだろうよ。おやじさんだって、そう思ってるよ」

竜之助は、この前、布次が言った「才能は天から与えられる」という説に同感である。

とくに、それは不幸のかたちをまとって現われてくる。才能に目覚めたというような人には、みな、その気配があった。この世の幸せを感じつつ、才能をはぐくんだなどというのは、やはり違うのではないか。

父親の不慮の死という不幸もまた、もしかしたら布次のなにかを目覚めさせたとしたら……。

竜之助は、父と子の大きな運命のようなものを垣間見る思いだった。

十三

柳生全九郎が、大きな男と対峙していた。

夜が人の影になったような、あるいは熱が出たときの悪夢のような、途方もないほど大きなものに見えているのだ。

全九郎は、何度か強くまばたきをした。妖《あや》かしに惑わされているような気もしていた。

じっさいのところは——。

身の丈は六尺ではとても足りない。肩は巌《いわお》のように盛り上がっている。

それでも肥っているようには見えない。塗り重ね、積み上げられてきたみっしりとした肉。

無駄な肉はない。

それでも、これほどまでの肉を鎧《よろ》うまでは、どれだけの鍛錬をおのれに課してきたのだろうか。

悲しいほどに厳しいそれ。

すべての価値というものを疑いたくなるくらいの疲労と困憊《こんぱい》。全九郎には経験がある。だが、もしかしたら、このわたしを上回るほどの鍛錬だったのか……？

歳はいくつくらいなのか、見当もつかない。

髪は黒く、肌は艶々としている。声も高く張りがある。

ただ、表情にだけ、老獪《ろうかい》な気配がうかがえる。

「話を訊きたいとな」

と、男が言った。

「ああ」

「訊く必要はない。そなたはすでに敗れたであろう、徳川竜之助に」

冷たい声で言った。

「なぜ、それを？」

「そんなことはわかっているのだ。そなたのことはすべてわかっているのだ」

「きさまが、われらをあやつる者か……？」

「さよう」

男はうなずき、小さく微笑んだ。

ここは築地の尾張藩蔵屋敷だった。この前、潜入したとき、柳生全九郎はふたたび訪れることを予告していったのである。


われらが剣にまつわる悪意の筋書きを知りたく、参上いたした者。

次に訪れるとき、答えをうかがおう。　柳生全九郎

三日あいだを開けて、ここに潜入すると、この巨大な男が待っていた。

大きな篝火《かがりび》が四つ、明々と焚《た》かれていた。月の光も落ちてきていて、この庭はほとんど昼のような明るさだった。

その明るさの中で、男の着物の紋もはっきりと見えていた。やはり、葵の紋であった。

「何のために、われらをあやつろうとする？」

全九郎は訊いた。

「気づかぬのか？」

男はあざ笑っていた。

「言え」

全九郎は刀を抜いた。

「そなたの身に起きたことや、周囲のことを鑑みれば、察しがついてもよいのだがな。まだ、わからぬとな」

「きさま、愚者扱いを」

怒りで満面が朱に染まった。

「柳生新陰流は、将軍家に最強の秘剣〈風鳴の剣〉を伝えた。だが、それだけでは尾張柳生にとっても不都合だし、競いあうものがないと風鳴の剣も駄目になっていく。では、そうせぬためにはどうする？」

と、男は訊いた。

「わたしのような風鳴の剣に立ち向かえる剣士をつくるのだろうが」

全九郎は答えた。

「そう。だが、その先がある」

「その先だと？」

「そなたはあいにくとそこまでたどり着くことはできなかった」

「なんだと」

「使命は終わった」

「きさまの思うようになってたまるか」

全九郎は巨大な男に、むしろ低く構えた。

どこから剣がくり出されるか、予測不能の剣。事実、信じがたいところから剣は浮かび上がる。

「人狼《じんろう》の剣か。それもわしがそなたに教えたのだぞ」

「なんと」

「通じるわけがあるまい」

男は軽々と斬りかかってきた。

真っ向からきた。

かすかに足を送って、これを軽くかわした……つもりだった。

すぐに横殴りの剣がきた。恐ろしく速い。こんな巨大な男が、これほどすばやい剣を遣うとは、思いも寄らなかった。鯨《くじら》が鯱《しゃち》のように動いたようである。

「うわっ」

のけぞってかわしたが、それでも髷をかすめた。

髪はざんばらにほどけた。

「おのれ」

地を這うようなところから、何度か剣を擦り上げた。だが、楽々と見切られ、上から剣先で叩かれ、出鼻をくじかれた。

まるで通用しないのはすぐにわかった。

「こうなれば……」

剣を斜めに構え直した。風を受けて、泣くように鳴った。風鳴の剣。この男も言った最強の剣。だが、竜之助のそれとはわずかに音色が違う気がする。

「ほう。それを会得したか」

「斬る」

全九郎は吐き捨てるように言った。

本当はもっといろんなことを問い質《ただ》したかった。だが、この男と向き合った途端、激しい憎しみがこみ上げてきた。

「父をな」

「なんだと……」

足が震えた。この男が父なのか。

では、父が自分をもてあそんでいたというのか。

「子は親のために生まれてくるものなのだ」

「そうなのか」

「同時に、親は子のためのものである。人間というのは、そうしなければ生きていけぬ。哀れな生きものよのう」

「なにをたわごとを」

「本来、そなたはこっちの剣を学ぶべきだった。徳川竜之助に勝てば、こっちの剣も伝授するつもりだった。風神と雷神。われらが剣は、この二つで完成するものなのじゃ」

男は、剣を左手に持ち替えた。

さらに右手で小刀を抜いた。

「二刀流か」

不思議なことが起きはじめた。

父と名乗った男の剣が光り出していた。やがてそれは、雷光のような眩しいものになっていった。

「雷鳴の剣」

と、男は言った。

男は光に包まれていた。

「なんということだ」

全九郎はその光の中に飛び込んでいった。一瞬、希望の扉を開けたような気がした。

痛みが全身を走った。眩しさのあまり、ただの一太刀すら受けることはできなかった。

五体は、光によって斬り刻まれていた。

全九郎はくるくると回り、この広場の壁が欠けたところに向かってよろよろと歩いた。そこは江戸湾に向かって開かれ、小さな砂浜になっているだけでなく、船着場としても使われているはずだった。

すさまじい痛みと吐き気の中で、どうにかそこまではたどり着いた。

だが、船はなかった。

海の中へと飛び込むしかなかった。

後ろにあの男の気配がした。

全九郎は宙に飛んだ。

すると、遠くから、三人の少年たちが駆け寄ってきた。海辺新田の浜辺で戦った少年たちだった。

「やあ」

そう言った気がした。

「お前も負けたじゃないか」

非難でもからかいでもない。友だちの、むしろねぎらいのような言葉だった。

「なあに、どうってことはない」

と、全九郎は言った。

「そうだよ。どうってことはないよ」

三人が手を差し伸べてきた。笑顔を浮かべてくれているのが不思議であり、全九郎はそれが照れてしまうほど嬉しかった。

「来いよ」

「ああ」

それで全九郎の何かが消えた。すべて消えたのではなく、何かが消えた。

亡骸《なきがら》は水の上を漂った。

懐からそろりとこぼれ落ちたものがあった。

弥勒の手の木像である。徳川竜之助が佃の老夫婦の家に置いていったものだった。何のために置いていったかは伝えていなかった。

本当の手よりはふた回りほど小さな手を、全九郎はなぜか出がけに懐に入れていた。

何か自分を救ってくれるようなことを期待したのだろうか。いまとなってはわからない。

その弥勒の手が、全九郎の胸のあたりに指先を当てるように浮いていた。

全九郎の亡骸がゆっくり動き出した。

岸辺では、全九郎に父と名乗った男が見つめていた。

「おや？」

と、目を瞠《みは》った。

不思議なことが起きていた。

「いまは引き潮のはずだがな」

亡骸は潮の流れにさからうように、佃島のほうへと漂っていった。まるで、弥勒の手に導かれるように――。

本書は２０１０年３月に小社より刊行
された作品の新装版です。

双葉文庫

か-29-50

若《わか》さま同心《どうしん》　徳川竜之助《とくがわりゅうのすけ》【十】

風神雷神《ふうじんらいじん》〈新装版《しんそうばん》〉

2022年7月17日　第1刷発行

【著者】

風野真知雄《かぜのまちお》

【発行者】

箕浦克史

【発行所】

株式会社双葉社

〒162-8540 東京都新宿区東五軒町3番28号

［電話］03-5261-4818（営業部）　03-5261-4833（編集部）

www.futabasha.co.jp（双葉社の書籍・コミックが買えます）

【印刷所】

中央精版印刷株式会社

【製本所】

中央精版印刷株式会社

【フォーマット・デザイン】

日下潤一

ISBN978-4-575-67120-9 C0193

Printed in Japan

井原忠政　三河雑兵心得
足軽仁義
戦国時代小説〈書き下ろし〉
苦労人、家康の天下統一の陰で、もっと苦労した男たちがいた！　村を飛び出した十七歳の茂兵衛は松平家康に仕えることになるが……。

井原忠政　三河雑兵心得
旗指足軽仁義
戦国時代小説〈書き下ろし〉
三河を平定し、戦国大名としての地歩を固めた家康。猛将・本多忠勝の麾下で修羅場をくぐる茂兵衛は武士として成長していく。

井原忠政　三河雑兵心得
足軽小頭仁義
戦国時代小説〈書き下ろし〉
迫りくる武田信玄との戦い。家康生涯最大のピンチ、三方ヶ原の戦いが幕を開ける。怯むな茂兵衛、ここが正念場！シリーズ第三弾。

井原忠政　三河雑兵心得
弓組寄騎仁義
戦国時代小説〈書き下ろし〉
大敗から一年、再び武田が攻めてきた。決戦の地は長篠。ついに、最強の敵と雌雄を決する時が迫る。それ行け茂兵衛、武田へ倍返しだ！

井原忠政　三河雑兵心得
砦番仁義
戦国時代小説〈書き下ろし〉
武田軍の補給路の寸断を命じられた茂兵衛は、森に籠って荷駄隊への襲撃を指揮することに。戦国足軽出世物語、第五弾！

井原忠政　三河雑兵心得
鉄砲大将仁義
戦国時代小説〈書き下ろし〉
信長の号令一下、甲州征伐が始まった。徳川に寝返った穴山梅雪の妻子を脱出させるため、茂兵衛は武田の本国・甲斐に潜入するが……。

井原忠政　三河雑兵心得
伊賀越仁義
戦国時代小説〈書き下ろし〉
信長、本能寺に死す！　敵中突破をはかる家康一行の殿軍についた茂兵衛、伊賀路を越えられるのか!?　大人気シリーズ第七弾！

風野真知雄　わるじい秘剣帖（六）おったまげ　長編時代小説〈書き下ろし〉

越後屋への数々の嫌がらせを終わらせることに成功した愛坂桃太郎だが、今度は桃子の母親・珠子に危難が迫る。大人気シリーズ第六弾！

風野真知雄　わるじい秘剣帖（七）やっこらせ　長編時代小説〈書き下ろし〉

「かわうそ長屋」に犬連れの家族が引っ越してきたが、なぜか犬の方が人間よりいいものを食べている。どうしてそんなことを……？

風野真知雄　わるじい秘剣帖（八）あっぷっぷ　長編時代小説〈書き下ろし〉

孫の桃子との「あっぷっぷ遊び」に夢中になる愛坂桃太郎。しかし、そんな他愛もない遊びが思わぬ危難を招いてしまう。シリーズ第八弾！

風野真知雄　わるじい秘剣帖（九）いつのまに　長編時代小説〈書き下ろし〉

珠子の知り合いの元芸者が長屋に越してきた。いまは「あまのじゃく」という飲み屋の女将で常連客も一風変わった人ばかりなのだ。

風野真知雄　わるじい秘剣帖（十）またあうよ　長編時代小説〈書き下ろし〉

「最後に珠子の唄を聴きたい」という岡崎玄蕃の願いを受け入れ、屋敷に入った珠子と桃太郎だが、思わぬ事態が起こる。シリーズ最終巻！

風野真知雄　わるじい慈剣帖（一）いまいくぞ　長編時代小説〈書き下ろし〉

あの大人気シリーズが帰ってきた！　目付に復帰したのも束の間、孫の桃子が気になって仕方がない愛坂桃太郎は江戸への帰還を目論むが。

風野真知雄　わるじい慈剣帖（二）これなあに　長編時代小説〈書き下ろし〉

孫の桃子を追って八丁堀の長屋に越してきた愛坂桃太郎。大家である蕎麦屋の主に妙に気に入られ、次々と難珍事件が持ち込まれる。

風野真知雄　わるじい慈剣帖（三）こわいぞお　長編時代小説〈書き下ろし〉

川沿いの柳の下に夜な夜な立つ女の幽霊。桃子の夜泣きはこいつのせいか？　愛坂桃太郎は、可愛い孫の安寧のため、調べを開始する。

風野真知雄　わるじい慈剣帖（四）ばあばです　長編時代小説〈書き下ろし〉

長屋の二階から忽然と消えたエレキテル。没収しようと押しかけた北町奉行所の捕り方たちも目を白黒させるなか、桃太郎の謎解きが光る。

風野真知雄　わるじい慈剣帖（五）あるいたぞ　長編時代小説〈書き下ろし〉

長屋にあるエレキテルをめぐり対立してきた北町奉行所の与力、森山平内との決着の時が迫る。愛する孫のため、此度もわるじいが東奔西走！

風野真知雄　わるじい慈剣帖（六）おっとっと　長編時代小説〈書き下ろし〉

日本橋の新人芸者、蟹丸の次兄が何者かによって殺された。悲嘆にくれる娘のため、桃太郎は真相をあきらかにすべく調べをはじめるが。

風野真知雄　わるじい慈剣帖（七）どこいくの　長編時代小説〈書き下ろし〉

江戸の町のならず者たちの間に漂い始める抗争の気配。その中心には愛坂桃太郎を慕う芸者の蟹丸の兄である千吉の姿があった。

風野真知雄　わるじい慈剣帖（八）だれだっけ　長編時代小説〈書き下ろし〉

激化の一途をたどる、江戸のならず者たちの抗争。愛する孫に危険が及ぶまいとする愛坂桃太郎だが……大人気時代小説シリーズ、第8弾！

風野真知雄　わるじい慈剣帖（九）ねむれない　長編時代小説〈書き下ろし〉

愛孫の桃子と遊ぶことができず、眠れぬ夜を過ごす元同心の愛坂桃太郎。そんなある日、桃太郎はなにやら訳ありらしい子連れの女と出会い……。

風野真知雄　若さま同心 徳川竜之助【八】
幽霊剣士　長編時代小説
葵新陰流を打ち破るべく現れた、幽鬼の如き剣士。不可視の剣の謎を解き新たな刺客を打ち破れ！　傑作時代小説シリーズ新装版、第八弾！

風野真知雄　若さま同心 徳川竜之助【九】
弥勒の手　長編時代小説
葵新陰流の継承者と、柳生新陰流が生んだ異端児。宿命の2人に遂に決着の時が訪れる！　傑作時代小説シリーズ新装版、驚愕の第九弾！

坂岡真　はぐれ又兵衛例繰控《れいくりびかえ》【一】
駆込み女　長編時代小説〈書き下ろし〉
南町の内勤与力、天下無双の影裁き！「はぐれ」と呼ばれる例繰方与力が頼れる相棒と悪党退治に乗りだす。令和最強の新シリーズ開幕！

坂岡真　はぐれ又兵衛例繰控《れいくりびかえ》【二】
鯖断《さばだ》ち　長編時代小説〈書き下ろし〉
長元坊に老婆殺しの疑いが掛かった。南町の協力を得られぬなか、窮地の友を救うべく奔走する又兵衛のまえに、大きな壁が立ちはだかる。

坂岡真　はぐれ又兵衛例繰控《れいくりびかえ》【三】
目白鮫《めじろざめ》　長編時代小説〈書き下ろし〉
前夫との再会を機に姿を消した妻静香。捕縛した盗賊の疑惑の牢破り。すべての因縁に決着をつけるべく、又兵衛が決死の闘いに挑む。

坂岡真　はぐれ又兵衛例繰控《れいくりびかえ》【四】
密命にあらず　長編時代小説〈書き下ろし〉
非業の死を遂げた父の事件の陰には思わぬ事実が隠されていた。父から受け継いだ宝刀和泉守兼定と矜持を携え、又兵衛が死地におもむく！

坂岡真　はぐれ又兵衛例繰控《れいくりびかえ》【五】
死してなお　長編時代小説〈書き下ろし〉
殺された札差の屍骸のそばに遺された、又兵衛の義父、都築主税の銘刀。その陰には、気高く生きる男の、熱きおもいがあった――。